⼘尺丹几乙し丹⼘と
Translated Language Learning

Alices Abenteuer im Wunderland

Aventurile lui Alice în Țara Minunilor

Lewis Carroll

Deutsch / Română

Alice fing an, sehr müde zu werden
Alice începea să obosească foarte tare
Sie saß neben ihrer Schwester auf der Grasbank
stătea lângă sora ei pe malul de iarbă
aber sie hatte nichts zu tun
dar nu avea nimic de făcut
Ihre Schwester las ein Buch
sora ei citea o carte
Ein- oder zweimal schaute Alice in das Buch
o dată sau de două ori Alice a aruncat o privire în carte
aber das Buch enthielt keine Bilder oder Gespräche
dar cartea nu avea imagini sau conversații în ea
"Was nützt ein Buch ohne Bilder?", dachte Alice
"Ce rost are o carte fără imagini?", se gândi Alice
"Warum sollte ein Buch keine Gespräche führen?"
"De ce o carte nu ar avea conversații?"
Aber sie hatte noch andere Dinge zu bedenken
dar avea alte lucruri de luat în considerare

"Es wäre ein Vergnügen, eine Kette aus Gänseblümchen zu machen"
"Ar fi o plăcere să faci un lanț de margarete"
"Aber lohnt es sich, aufzustehen und die Gänseblümchen zu pflücken??"
"Dar merită efortul de a te ridica și de a culege margaretele??"
Das war nicht so leicht zu denken
Nu a fost atât de ușor să te gândești la asta
weil sie sich an diesem Tag schläfrig und dumm fühlte
pentru că ziua o făcea să se simtă somnoroasă și proastă.
aber plötzlich wurden ihre Gedanken unterbrochen
dar deodată gândurile ei au fost întrerupte
ein weißes Kaninchen mit rosa Augen lief dicht an ihr vorbei
un iepure alb cu ochi roz a alergat aproape de ea

Es war nichts übermäßig Bemerkenswertes an dem Kaninchen
Nu era nimic prea remarcabil la iepure
und Alice fand das Kaninchen auch nicht bemerkenswert
și nici Alice nu a crezut că iepurele este remarcabil

auch überraschte es sie nicht, als das Kaninchen sprach
nici nu a surprins-o când Iepurele a vorbit
»O je! Ich werde zu spät kommen!« sagte er zu sich selbst
"Oh, dragă! Voi fi prea târziu!" și-a spus el
aber dann tat das Kaninchen etwas, was Kaninchen nicht tun
dar apoi Iepurele a făcut ceva ce iepurii nu au făcut
das Kaninchen zog eine Uhr aus der Westentasche
Iepurele scoase un ceas din buzunarul vestei
Er schaute auf die Uhr und eilte dann weiter
S-a uitat la oră și apoi s-a grăbit
Alice erhob sich erstaunt
Alice s-a ridicat în picioare, uimită
Sie hatte noch nie zuvor ein Kaninchen mit Weste gesehen!
Nu mai văzuse niciodată un iepure cu vestă!
noch hatte sie je ein Kaninchen mit einer Uhr gesehen!
nici nu văzuse vreodată un iepure cu ceas!
Alice brannte vor neuer Neugierde
Alice ardea de o nouă curiozitate
und sie rannte über das Feld hinter dem Kaninchen her
și a alergat pe câmp după Iepure
Sie kam gerade noch rechtzeitig, um das Kaninchen verschwinden zu sehen
A fost exact la timp să vadă iepurele dispărând
Das Kaninchen hüpfte in einen großen Kaninchenbau hinab
iepurele a sărit într-o gaură mare de iepure
Im nächsten Augenblick stürzte Alice hinter dem Kaninchen her!
Într-o clipă, Alice a coborât după iepure!
Der Kaninchenbau ging geradeaus wie ein Tunnel
Gaura iepurelui a mers drept ca un tunel
und der Tunnel ging noch eine Weile weiter
și tunelul a continuat să meargă pe o anumită distanță
und dann senkte sich der Weg plötzlich hinunter
și apoi cărarea s-a scufundat brusc
Alice hatte keinen Augenblick, daran zu denken, ob sie sich zurückhalten sollte

Alice nu a avut nici o clipă să se gândească să se oprească
Sie fiel hin und hinunter und hinunter
s-a trezit căzând și în jos și în jos
Es schien, als sei sie in einen sehr tiefen Brunnen gefallen
părea că a căzut într-o fântână foarte adâncă
Entweder war der Brunnen sehr tief, oder sie fiel sehr langsam
Fie fântâna era foarte adâncă, fie cădea foarte încet
denn sie hatte viel Zeit zum Fallen
pentru că a avut suficient timp să cadă
Als sie fiel, konnte sie sich umsehen
în timp ce cădea, se putea uita în jur
Zuerst versuchte sie herauszufinden, wohin sie ging
Mai întâi, a încercat să-și dea seama unde se îndreaptă
aber der Brunnen war zu dunkel, um etwas zu sehen
dar fântâna era prea întunecată pentru a vedea ceva
Dann blickte sie auf die Seiten des Brunnens
apoi s-a uitat la marginea fântânii
Und sie bemerkte, dass überall um sie herum Schränke standen
și a observat că erau dulapuri peste tot în jurul ei
und rings um den Brunnen waren Bücherregale
și peste tot în fântână erau rafturi de cărți
Hier und da sah sie Karten und Bilder, die an Pflöcken hingen
ici și colo a văzut hărți și tablouri atârnate de cuie
Im Vorbeigehen nahm sie ein Glas aus einem der Regale
A scos un borcan de pe unul dintre rafturi în timp ce trecea
Das Glas wurde für seinen Inhalt gekennzeichnet
Borcanul a fost etichetat pentru conținutul său
"MARMELADE AUS ORANGEN"
"MARMELADĂ DIN PORTOCALE"
Aber zu ihrer großen Enttäuschung war das Marmeladenglas leer
dar, spre marea ei dezamăgire, borcanul de marmeladă era gol
Sie wollte das leere Marmeladenglas nicht fallen lassen
nu voia să scape borcanul gol de marmeladă

und ihr Fall war sehr langsam

și căderea ei a fost foarte lentă

So schaffte sie es, das Marmeladenglas in einen der Schränke zu stellen

așa că a reușit să pună borcanul de marmeladă într-unul dintre dulapuri

Nieder, hinunter, hinunter fiel sie!

Jos, jos, jos ea cade!

Würde der Fall jemals ein Ende haben?

Va lua vreodată sfârșit toamna?

Es gab nichts anderes zu tun

Nu era nimic altceva de făcut

so fing Alice bald an, mit sich selbst zu reden

așa că Alice a început curând să vorbească cu ea însăși

»Dinah wird mich heute abend sehr vermissen, sollte ich meinen!«

— Dinah o să-i fie foarte dor de mine în seara asta, cred!

Dinah war Alices Katze

Dinah era pisica lui Alice

»Ich hoffe, sie werden sich an ihre Untertasse mit Milch zur Teezeit erinnern.«

— Sper că își vor aminti farfuria ei cu lapte la ora ceaiului.

»Dinah, meine Liebe, ich wünschte, du wärst hier unten bei mir!«

"Dinah, draga mea, aș vrea să fii aici jos cu mine!"

Alice fühlte, als würde sie einschlafen

Alice simțea că moțăie

Und dann plötzlich, dumpf! Bums!

și apoi, dintr-o dată, lovitură! Bătaie!

Sie fiel auf einen Haufen Stöcke

A căzut pe o grămadă de bețe

und sie landete auf einem Haufen trockener Blätter

și a aterizat pe o grămadă de frunze uscate

Und endlich war der lange Sturz in das Loch vorbei

și în cele din urmă căderea lungă în gaură s-a terminat

Alice war kein bisschen verletzt

Alice nu a fost deloc rănită

und sie sprang in einem Augenblick auf
și a sărit în sus într-o clipă
Sie blickte auf, aber es war alles dunkel über ihr
Ea s-a uitat în sus, dar totul era întuneric deasupra capului
Vor ihr lag ein weiterer langer Korridor
În fața ei era un alt coridor lung
und das weiße Kaninchen war noch in Sicht
iar Iepurele Alb era încă la vedere
Er eilte den Korridor hinunter
se grăbea pe coridor
Es war kein Augenblick zu verlieren
Nu era nici un moment de pierdut
davonlief Alice wie der Wind
Alice a fugit ca vântul
um die Ecke drehte sich das Kaninchen
după colț s-a întors iepurele
Sie kam gerade noch rechtzeitig, um das Kaninchen zu hören
A fost exact la timp să audă iepurele
"Oh, meine Ohren und Schnurrhaare"
"Oh, urechile și mustățile mele"
"Wie spät es wird!"
"Cât de târziu se face!"
Sie war dicht hinter dem Kaninchen
Era aproape în spatele iepurelui
Sie bog um eine weitere Ecke
S-a întors după un alt colț
aber das Kaninchen war nicht mehr zu sehen
dar Iepurele nu mai era de văzut
Sie befand sich in einer langen, niedrigen Halle
S-a trezit într-o sală lungă și joasă
Der Saal wurde von einer Reihe von Deckenlampen erleuchtet
Sala era luminată de un rând de lămpi de tavan
Überall im Saal gab es Türen
Erau uși peste tot în hol
aber alle Türen waren verschlossen

dar toate uşile erau încuiate
**Sie ging den ganzen Weg an der einen Seite des Flurs
hinunter**
A mers pe o parte a holului
**Und sie war den ganzen Weg auf der anderen Seite des Flurs
hinaufgegegangen**
şi a mers până la cealaltă parte a sălii
Sie hatte jede Tür ausprobiert
încercase fiecare uşă
Und sie ging traurig in der Mitte des Saales entlang
şi a mers tristă în mijlocul holului
"Wie komme ich da mal wieder raus?"
"Cum voi mai ieşi vreodată?"

Plötzlich stieß sie auf einen kleinen Tisch
Deodată a dat peste o măsuţă
Der Tisch wurde komplett aus massivem Glas gefertigt
masa era făcută în întregime din sticlă solidă
**Auf dem Tisch lag nichts als ein winziger goldener
Schlüssel**

Nu era nimic pe masă decât o cheie mică de aur
Der Schlüssel könnte zu einer der Türen gehören!
cheia ar putea aparține uneia dintre uși!
Aber ach! Einige der Schlösser waren zu groß für die Schlüssel
dar, vai! unele dintre încuietori erau prea mari pentru chei
und für die anderen Schlösser war der Schlüssel zu klein
iar pentru celelalte încuietori cheia era prea mică
aber auf jeden Fall öffnete der Schlüssel keine der Türen
dar, în orice caz, cheia nu a deschis nici una dintre uși
Aber was sollte sie tun?
dar ce trebuia să facă?
Sie ging wieder durch den Saal
A trecut din nou prin hol
Und diesmal bemerkte sie einen niedrigen Vorhang
și de data aceasta a observat o perdea joasă
Hinter dem Vorhang war eine kleine Tür
în spatele cortinei era o ușă mică
Die Tür war etwa fünfzehn Zoll hoch
ușa avea aproximativ cincisprezece centimetri înălțime
Sie probierte den kleinen goldenen Schlüssel im Schloss aus
A încercat cheia de aur din încuietoare
Und zu ihrer großen Freude passte der Schlüssel ins Schloss!
și spre marea ei încântare, cheia a încăput în încuietoare!
Alice öffnete die Tür
Alice a deschis ușa
und sie fand, daß die Tür in einen kleinen Korridor führte
și a găsit ușa care ducea într-un mic coridor
Der Korridor war nicht viel größer als ein Rattenloch
Coridorul nu era cu mult mai mare decât o gaură de șobolan
Sie kniete nieder und blickte den Korridor entlang
A îngenuncheat și s-a uitat de-a lungul coridorului
Und sie sah den schönsten Garten, den du je gesehen hast
și a văzut cea mai frumoasă grădină pe care ai văzut-o vreodată
wie sehr sie sich danach sehnte, aus dieser dunklen Halle herauszukommen

cât de mult tânjea să iasă din acea sală întunecată
wie sie sich wünschte, zwischen diesen leuchtenden Blumen zu wandern
cum voia să rătăcească printre acele flori strălucitoare
Wie cool die Erfrischung dieser Brunnen aussah
Cât de răcoritoare arătau acele fântâni
aber sie konnte nicht einmal ihren Kopf durch die Tür stecken
dar nici măcar nu putea să-și scoată capul prin ușă
»Oh,« sagte Alice traurig
— Oh, spuse Alice cu tristețe
»wie sehr wünschte ich, ich könnte mich zusammenfalten wie ein Fernrohr!«
"cât de mult aş vrea să mă pot plia ca un telescop!"
"Ich glaube, ich könnte mich zusammenfalten wie ein Teleskop"
"Cred că aş putea să mă pliez ca un telescop"
"Wenn ich nur wüsste, wie ich anfangen sollte"
"Dacă aş şti cum să încep"
Alice ging zurück an den Tisch
Alice s-a întors la masă
Es bestand die Möglichkeit, einen weiteren Schlüssel zu finden
exista șansa de a găsi o altă cheie
Oder es gibt ein Buch mit Regeln
sau ar putea exista o carte de reguli
Das Buch könnte ihr sagen, wie man sich wie ein Teleskop zusammenfaltet
cartea i-ar putea spune cum să se plieze ca un telescop
Diesmal fand sie ein Fläschchen
De data aceasta a găsit o sticlă mică
"Diese Flasche war gewiß vorher nicht hier," sagte Alice
— Cu siguranţă că sticla asta nu mai fusese aici, spuse Alice
Und um den Flaschenhals war ein Papieretikett gebunden
și legată în jurul gâtului sticlei era o etichetă de hârtie
Das Etikett war wunderschön in großen Buchstaben gedruckt

eticheta era frumos imprimată cu litere mari
"TRINK MICH"
"BEA-ME"
»Nein, ich werde erst nachsehen«, sagte sie
"Nu, mă voi uita mai întâi", a spus ea
"Ich werde sehen, ob die Flasche als giftig gekennzeichnet ist oder nicht."
"Voi vedea dacă sticla este marcată ca otrăvitoare sau nu."
weil sie die Lektion über das Gift nie vergessen hat
pentru că nu a uitat niciodată lecția despre otravă
"Wenn eine Flasche als giftig gekennzeichnet ist, wird sie Ihnen bestimmt nicht zustimmen"
"Dacă o sticlă este etichetată ca otrăvitoare, este obligat să nu fie de acord cu tine"
Diese Flasche war jedoch nicht als giftig gekennzeichnet
Cu toate acestea, această sticlă nu a fost marcată ca otrăvitoare
so wagte Alice es, den Inhalt der Flasche zu kosten
așa că Alice a îndrăznit să guste conținutul sticlei
Sie fand die Flüssigkeit ganz nach ihrem Geschmack
A găsit lichidul pe placul ei
Das Getränk hatte einen gemischten Geschmack
băutura avea un fel de aromă mixtă
Kirschkuchen, Vanillepudding und Ananas
tartă de cireșe, cremă și ananas
Gebratener Truthahn, Toffee und Toast mit heißer Butter
curcan prăjit, caramel și pâine prăjită cu unt fierbinte
und bald trank sie die Flasche aus
și curând a terminat sticla
"Was für ein merkwürdiges Gefühl!" sagte Alice
— Ce sentiment ciudat! spuse Alice
"Ich klappe mich zusammen wie ein Teleskop!"
"Mă pliez ca un telescop!"
Und sie faltete sich tatsächlich zusammen wie ein Teleskop!
Și se plia ca un telescop într-adevăr!
Sie war jetzt nur noch zehn Zentimeter groß
Acum avea doar zece centimetri înălțime
und ihr Gesicht erhellte sich bei ihren Gedanken

și fața i s-a luminat la gânduri
Jetzt hatte sie die richtige Größe für das Türchen
acum avea dimensiunea potrivită pentru ușa mică
Jetzt konnte sie in diesen schönen Garten gehen
acum putea intra în acea grădină minunată
Bald hörte sie auf, kleiner zu werden
Curând a încetat să mai micșoreze
Sie beschloß, sofort in den Garten zu gehen
S-a hotărât să meargă imediat în grădină
aber wehe der armen Alice!
dar, vai de biata Alice!
Sie kam zur Tür
a ajuns la ușă
Aber sie hatte den kleinen goldenen Schlüssel vergessen
dar uitase cheia de aur
Sie ging zurück zum Tisch, um den Schlüssel zu holen
s-a întors la masă după cheie
aber sie merkte, daß sie nicht hoch genug greifen konnte
dar ea a descoperit că nu poate ajunge suficient de sus
Sie konnte den Schlüssel ganz deutlich durch das Glas sehen
putea vedea cheia destul de clar prin geam
Sie versuchte, die Beine des Tisches hinaufzuklettern
a încercat să se cațere pe picioarele mesei
Aber das Glas war viel zu rutschig
dar paharul era mult prea alunecos
Irgendwann erschöpfte sie sich mit dem Versuch
În cele din urmă s-a obosit încercând
Und das arme kleine Mädchen setzte sich hin und weinte
și biata fetiță s-a așezat și a plâns
Alice sprach ziemlich scharf mit sich selbst
Alice a vorbit cu ea însăși destul de aspru
"Komm, es hat keinen Zweck, so zu weinen!"
"Hai, nu are rost să plângi așa!"
"Ich rate dir, gleich aufzuhören!"
"Te sfătuiesc să te oprești chiar acum!"
Sie gab sich im Allgemeinen sehr gute Ratschläge

În general, își dădea sfaturi foarte bune
obwohl sie nur sehr selten ihren eigenen Rat befolgte
deși foarte rar și-a urmat propriul sfat
und sie war manchmal zu streng mit sich selbst
și uneori era prea aspră cu ea însăși
und ihre Worte trieben ihr Tränen in die Augen
și cuvintele ei i-au adus lacrimi în ochi
Bald fiel ihr Blick auf einen kleinen Glaskasten
Curând ochii ei au căzut pe o cutie mică de sticlă
Der kleine Glaskasten lag unter dem Tisch
cutia de sticlă zăcea sub masă
In dem Glaskasten befand sich ein sehr kleiner Kuchen
În cutia de sticlă era o prăjitură foarte mică
Auf dem Kuchen waren einige Worte schön geschrieben
Pe tort erau scrise frumos câteva cuvinte
die Worte waren in Johannisbeeren markiert worden
cuvintele fuseseră marcate cu coacăze
"MICH ESSEN"
"MĂNÂNCĂ-ME"
"Nun, ich werde den Kuchen essen," sagte Alice
"Ei bine, voi mânca tortul", a spus Alice
**"Und wenn mich der Kuchen größer werden lässt, kann ich
den Schlüssel erreichen"**
"și dacă tortul mă face să cresc mai mare, pot ajunge la cheie"
**"Und wenn mich der Kuchen kleiner werden lässt, kann ich
unter die Tür kriechen"**
"și dacă tortul mă face să devin mai mic, mă pot strecura pe
sub ușă"
"Also so oder so komme ich in den Garten"
"așa că oricum voi intra în grădină"
"Und es ist mir egal, was von beidem passiert!"
"și nu-mi pasă care dintre cele două se întâmplă!"
Sie aß ein wenig von dem Kuchen
A mâncat puțin din tort
und sie sprach ängstlich zu sich selbst:
și își spuse neliniștită:
"In welche Richtung? In welche Richtung?"

"În ce direcție? În ce direcție?"
und sie hielt die Hand auf den Kopf
și și-a ținut mâna pe cap
Sie wollte spüren, in welche Richtung sie wuchs
Voia să simtă în ce direcție crește
Sie war ganz überrascht, als sie erfuhr, was geschehen war
A fost destul de surprinsă să afle ce s-a întâmplat
Sie war gleich groß geblieben!
rămăsese la aceeași dimensiune!
Also verdoppelte sie dieses Mal ihre Bemühungen
așa că de data aceasta și-a dublat eforturile
Und bald war der ganze Kuchen fertig
și curând a terminat tot tortul

Der Pool der Tränen
Balta de lacrimi

"Das wird immer interessanter!" rief Alice
— Devine din ce în ce mai interesant! strigă Alice
Man kann sehen, dass sie sehr überrascht war
Puteţi vedea că a fost foarte surprinsă
"Ich öffne mich wie das größte Teleskop, das es je gab!"
"Mă deschid ca cel mai mare telescop care a existat vreodată!"
»Auf Wiedersehen, Füße! Oh, meine armen kleinen Füße"
"La revedere, picioare! Oh, sărmanele mele picioare"
"Ich frage mich, wer euch jetzt die Schuhe anziehen wird, meine Lieben?"
"Mă întreb cine vă va pune pantofii acum, dragilor?"
»und ich frage mich, wer Ihre Strümpfe anziehen wird?«
şi mă întreb cine îţi va pune ciorapii?
"Ich werde viel zu weit weg sein"
"Voi fi mult prea departe"
"Ich werde mich nicht mehr um dich kümmern können"
"Nu mă voi mai putea deranja pentru tine"
In diesem Augenblick schlug ihr Kopf gegen etwas
Chiar în acel moment capul ei s-a lovit de ceva
Sie hatte das Dach des Saales erreicht
ajunsese pe acoperişul sălii
Tatsächlich war sie jetzt mehr als zwei Meter groß
de fapt, acum avea mai mult de doi metri înălţime
und sie ergriff sogleich den kleinen goldenen Schlüssel
şi a luat imediat cheia mică de aur
und sie eilte zur Gartentür
şi s-a grăbit să ajungă la uşa grădinii
Arme Alice! Es gab nicht viel, was sie tun konnte
Biata Alice! Nu putea face mare lucru
Sie legte sich auf die Seite
S-a întins într-o parte
Und sie blickte mit einem Auge in den Garten hinein
şi s-a uitat prin grădină cu un ochi
Aber durchzukommen war hoffnungsloser denn je
dar să treci era mai fără speranţă ca niciodată

Sie setzte sich und fing wieder an zu weinen

S-a așezat și a început să plângă din nou

Sie fuhr fort, literweise Tränen zu vergießen

A continuat să verse litri de lacrimi

Bald war ein großer Pool um sie herum

curând a fost o piscină mare în jurul ei

und das Wasser reichte bis zur Hälfte des Flurs

și apa a ajuns la jumătatea holului

Nach einer Weile hörte sie ein leises Getrappel von Füßen

După un timp, a auzit un mic zgomot de picioare

Sie hörte die Füße aus der Ferne kommen

a auzit picioarele venind de la distanță

Und sie trocknete sich hastig die Augen, um zu sehen, was kommen würde

și și-a uscat în grabă ochii să vadă ce urmează

Es war das weiße Kaninchen, das zurückkehrte

Era Iepurele Alb care se întorcea

Er war prächtig gekleidet

era îmbrăcat splendid

Er hatte ein Paar weiße Handschuhe in der einen Hand

Avea o pereche de mănuși albe într-o mână

Und in der anderen Hand hatte er einen großen Federfächer

și avea un evantai mare de pene în cealaltă mână

Er kam in großer Eile dahergetrabt

A venit la trap în mare grabă

und er murmelte vor sich hin: »Ach! die Herzogin, die Herzogin!«

și a murmurat în sinea sa: "Oh! ducesa, ducesa!"

»Ach! wird sie nicht wild sein, wenn ich sie habe warten lassen?«

"Oh! nu va fi sălbatică dacă am lăsat-o să aștepte!"

Als das Kaninchen in ihre Nähe kam, sprach Alice
Când Iepurele s-a apropiat de ea, Alice a vorbit
aber sie sprach mit leiser, schüchterner Stimme
dar vorbea cu o voce joasă și timidă
"Sir, bitte hören Sie für einen Moment auf, was Sie tun"
"Domnule, vă rog să opriți ceea ce faceți pentru o clipă"
Das Kaninchen erschrak heftig
Iepurele a tresărit violent
Er ließ die weißen Handschuhe und den Federfächer fallen
A scăpat mănușile albe și evantaiul cu pene
und er eilte fort in die Dunkelheit, so schnell er konnte
și a fugit în întuneric cât de repede a putut
Alice hob den Federfächer und die Handschuhe auf
Alice a luat evantaiul de pene și mănușile
Und sie fächelte sich immer wieder Luft zu, während sie sprach
și se tot evantaia în timp ce continua să vorbească
»Liebes, liebes Kind! Wie seltsam ist das alles heute!"
"Dragă, dragă! Cât de ciudat este totul astăzi!"

"Gestern ging es weiter wie bisher"
"Ieri lucrurile au mers ca de obicei"
"War ich heute Morgen noch so, als ich aufgestanden bin?"
"Am fost la fel când m-am trezit azi dimineață?"
"Aber wenn ich nicht mehr derselbe bin, dann ist das eine
andere Frage"
"Dar dacă nu sunt la fel, există o altă întrebare"
"Wer in aller Welt bin ich?"
"Cine naiba sunt eu?"
"Ah, das ist das große Rätsel!"
"Ah, asta e marea enigmă!"
Während sie das sagte, blickte sie auf ihre Hände hinunter
În timp ce spunea asta, s-a uitat în jos la mâinile ei
Sie trug einen der kleinen weißen Handschuhe des
Kaninchens
purta una dintre mănușile albe ale iepurelui
Sie hatte nicht bemerkt, dass sie den Handschuh angezogen
hatte, während sie sprach
Nu observase că își punea mănușa în timp ce vorbea
"Wie konnte ich das machen?" dachte sie
"Cum am putut face asta?" se gândi ea
"Ich muss wieder klein werden"
"Trebuie să devin mic din nou"
Sie stand auf und ging zum Tisch, um ihre Größe zu messen
S-a ridicat și s-a dus la masă să-și măsoare înălțimea
Sie stellte fest, dass sie jetzt etwa einen halben Meter groß
war
A descoperit că acum avea aproximativ jumătate de metru
înălțime
und sie schrumpfte immer noch schnell
și ea încă se micșorează rapid
Bald fand sie heraus, was die Ursache für das Schrumpfen
war
Curând a aflat care a fost cauza micșorării
Der Federfächer machte sie wieder kleiner!
Evantaiul cu pene o făcea din nou mai mică!
Und sie ließ hastig den Federfächer fallen

și a scăpat în grabă evantaiul de pene
Sie ließ den Federfächer gerade noch rechtzeitig fallen, um sich zu retten
A scăpat evantaiul de pene exact la timp pentru a se salva
Hätte sie sich noch länger Luft zugefächelt, wäre sie völlig zusammengeschrumpft
dacă s-ar fi mai evantaiat, s-ar fi retras complet
»Das war ein knappes Entkommen!« sagte Alice
— A fost o scăpare la limită! spuse Alice
und sie erschrak sehr über die plötzliche Veränderung
și era destul de speriată de schimbarea bruscă
aber sie war sehr froh, daß sie noch da war
dar era foarte bucuroasă să se afle încă în existență
"Und jetzt ab in den Garten!"
"Și acum, la grădină!"
Und sie lief mit aller Geschwindigkeit zurück zu der kleinen Tür
Și a alergat cu toată viteza înapoi la ușa mică
Aber ach! Das Türchen wurde wieder geschlossen
dar, vai! ușa mică s-a închis din nou
Und das goldene Schlüsselchen lag wieder auf dem Glastisch
și cheia mică de aur zăcea din nou pe masa de sticlă
"Es ist schlimmer als je!" dachte das arme Kind
"Lucrurile sunt mai rele ca niciodată", se gândi bietul copil
"So klein war ich noch nie, niemals!"
"Niciodată nu am fost atât de mică ca asta, niciodată!"
Bei diesen Worten rutschte ihr Fuß aus
În timp ce spunea aceste cuvinte, piciorul îi alunecă
Und im nächsten Augenblick gab es ein großes Plätschern!
și într-o altă clipă s-a făcut o mare stropire!
Sie stand bis zum Kinn im Salzwasser
era până la bărbie în apă sărată
Ihre erste Idee war, dass sie irgendwie ins Meer gefallen war
Prima ei idee a fost că a căzut cumva în mare
Sie erkannte jedoch bald, worin sie sich befand
Cu toate acestea, și-a dat seama curând în ce se afla

Sie war in einer Tränenlache
era într-o baltă de lacrimi
die Tränen, die sie geweint hatte, als sie zwei Meter groß war
lacrimile pe care le plânsese când avea doi metri înălţime

In diesem Augenblick hörte sie etwas
Chiar atunci a auzit ceva
Etwas plätscherte im Pool herum
ceva se bălăcea în piscină
Das Plätschern kam aus einiger Entfernung
Stropirea venea de la mică distanţă
und sie schwamm näher, um zu sehen, was das Plätschern war
şi a înotat mai aproape să vadă ce stropeşte
Bald sah sie, dass es nur eine kleine Maus war
Curând a văzut că era doar un şoarece mic
Auch die kleine Maus war ins Wasser geschlüpft
şoarecele alunecat şi el în apă

Alice dachte bei sich über die Situation nach
Alice s-a gândit la situație
"Würde es etwas nützen, mit dieser Maus zu sprechen?"
— Ar fi de vreun folos să vorbesc cu șoarecele ăsta?
"Hier unten steht alles auf dem Kopf"
"Totul este atât de răsturnat aici jos"
"Ich denke, es ist sehr wahrscheinlich, dass diese Maus sprechen kann."
"Cred că foarte probabil acest șoarece poate vorbi"
"Es schadet jedenfalls nicht, es zu versuchen"
"În orice caz, nu este rău să încerci"
Also begann sie zu versuchen, mit der Maus zu sprechen
Așa că a început să încerce să vorbească cu șoarecele
"Oh Maus, kennst du den Weg aus diesem Pool?"
"Oh, șoarece, știi cum să ieși din această piscină?"
"Ich bin es leid, hier herumzuschwimmen, oh Maus!"
"M-am săturat foarte mult să înot pe aici, Oh Mouse!"
Die Maus schaute sie ziemlich neugierig an
Șoarecele s-a uitat la ea destul de curios
Die Maus schien mit einem ihrer kleinen Augen zu blinzeln
șoarecele părea să clipească cu unul dintre ochii săi mici
Aber die kleine Maus sagte nichts
dar micul șoarece nu a spus nimic
"Vielleicht versteht die Maus kein Englisch!" dachte Alice
"Poate că șoarecele nu înțelege engleza", se gândi Alice
"Ich wage zu behaupten, es ist eine französische Maus"
"Îndrăznesc să spun că este un șoarece franțuzesc"
"Vielleicht kam diese Maus mit Wilhelm dem Eroberer herüber"
"poate că acest șoarece a venit cu William Cuceritorul"
Also fing sie wieder an, auf Französisch
Așa că a început din nou, în franceză
"Wo ist meine Katze?", fragte sie auf Französisch
"Unde este pisica mea?" a întrebat ea în franceză
es war der erste Satz in ihrem französischen Unterrichtsbuch
era prima propoziție din cartea ei de lecții de franceză
Die Maus machte einen plötzlichen Sprung aus dem Wasser

Șoarecele a făcut un salt brusc din apă
Und die Maus schien am ganzen Leibe vor Schreck zu zittern
iar șoarecele părea să tremure de frică
"Oh, ich bitte um Verzeihung!" rief Alice hastig
— Oh, vă cer iertare! strigă Alice în grabă
Sie fürchtete, sie habe die Gefühle des armen Tieres verletzt
Se temea că a rănit sentimentele bietului animal
"Ich habe ganz vergessen, dass du keine Katzen magst"
"Am uitat că nu-ți plac pisicile"
"Ich mag keine Katzen!" rief die Maus mit schriller, leidenschaftlicher Stimme
"Nu-mi plac pisicile!" a strigat Șoarecele cu o voce stridentă și pasională
"Hättest du gerne Katzen, wenn du ich wärst?"
"Ți-ar plăcea pisicile, dacă ai fi în locul meu?"
Alice tröstete die Maus in einem beruhigenden Ton
Alice a mângâiat șoarecele pe un ton liniștitor
"Naja, vielleicht würde ich an deiner Stelle auch keine Katzen mögen"
"Ei bine, poate că nici mie nu mi-ar plăcea pisicile dacă aș fi în locul tău"
"Bitte ärgern Sie sich nicht über die Erwähnung von Katzen"
"Vă rog să nu vă supărați pentru menționarea pisicilor"
"Und doch wünschte ich, ich könnte dir unsere Katze Dina zeigen"
"Și totuși aș vrea să-ți pot arăta pisica noastră Dinah"
"Wenn du sie treffen würdest, würdest du wohl Gefallen an Katzen finden"
"Dacă ai întâlni-o, cred că ți-ar plăcea pisicile"
"Wenn du sie nur sehen könntest"
"Dacă ai putea să o vezi"
"Sie ist so ein liebes, stilles Ding"
"Este o ființă atât de dragă și tăcută"
Die Maus zitterte am ganzen Körper
Șoarecele tremura peste tot
Alice war sich sicher, dass die Maus wirklich beleidigt sein

musste
Alice era sigură că șoarecele trebuie să fie cu adevărat jignit
"Wir reden nicht mehr über sie, wenn du lieber nicht willst"
"Nu vom mai vorbi despre ea, dacă preferi să nu"
"Wir, allerdings!" rief die Maus
"Noi, într-adevăr!" a strigat Șoarecele
Die Maus zitterte bis zum Ende ihres Schwanzes
șoarecele tremura până la capătul cozii
»Als ob ich über so ein Thema reden würde!«
— Ca și cum aș vorbi despre un astfel de subiect!
"Unsere Familie hat Katzen schon immer gehasst"
"Familia noastră a urât întotdeauna pisicile"
"Katzen; Gemeine, niedrige, gemeine Dinger!"
"pisici; lucruri urâte, josnice, vulgare!"
"Laß mich den Namen nicht noch einmal hören!"
"Nu mă lăsa să aud numele din nou!"
"Katzen will ich ja nicht mehr erwähnen!" sagte Alice
— Nu voi mai pomeni pisici, într-adevăr, spuse Alice
Sie hatte es sehr eilig, das Thema zu wechseln
Se grăbea să schimbe subiectul
"Bist du... Lieben Sie Hunde?«
"Ești... Îți plac câinii?"
**"Es gibt so einen netten kleinen Hund in der Nähe unseres
Hauses."**
"E un cățeluș atât de drăguț lângă casa noastră."
"Ich möchte dir den kleinen Hund zeigen!"
"Aș vrea să-ți arăt cățelușul!"
"Dieser kleine Hund tötet alle Ratten und...
"Acest cățeluș ucide toți șobolanii și...
»O je!« rief Alice in traurigem Tone
— Oh, dragă! strigă Alice pe un ton trist
»Ich fürchte, ich habe dich schon wieder beleidigt!«
"Mi-e teamă că te-am jignit din nou!"
Die Maus schwamm so schnell sie konnte von ihr weg
șoarecele se îndepărta de ea cât de repede putea
Und die Maus machte einen ziemlichen Aufruhr im Tümpel
iar șoarecele a făcut o mare agitație în piscină

Da rief sie leise der Maus nach
Așa că a strigat încet după șoarece
"Meine liebe Maus, komm bitte zurück!"
"Dragul meu șoarece, te rog să te întorci!"
"Und wir werden nicht über Katzen sprechen"
"Și nu vom vorbi despre pisici"
"Und über Hunde müssen wir auch nicht reden"
"Și nici nu trebuie să vorbim despre câini"
Als die Maus das hörte, drehte sie sich um
Când șoarecele a auzit asta, s-a întors
Und die kleine Maus schwamm langsam zu ihr zurück
și șoarecele a înotat încet înapoi la ea
Das Gesicht der Maus war ganz blaß
fața șoarecelui era destul de palidă
Und die Maus sprach mit leiser, zitternder Stimme
și șoarecele a vorbit cu o voce joasă și tremurândă
"Lasst uns ans Ufer gehen"
"Să ajungem la țărm"
"Und dann erzähle ich dir meine Geschichte"
"și apoi îți voi spune istoria mea"
**"Und du wirst verstehen, warum ich Katzen und Hunde
hasse"**
"și vei înțelege de ce urăsc pisicile și câinii"
Es war höchste Zeit zu gehen
Era timpul să plec
weil der Pool ziemlich voll wurde
pentru că piscina devenea destul de aglomerată
Andere Vögel und Tiere waren in den Pool gefallen
alte păsări și animale căzuseră în piscină
es gab eine Ente und einen Dodo
erau o rață și un dodo
und da waren ein Lory-Vogel und ein Adler
și mai era o pasăre Lory și un vultur
**und es gab noch einige andere interessant aussehende
Kreaturen**
și mai erau câteva creaturi interesante
Alice führte den Weg aus dem Pool

Alice a condus calea de ieșire din piscină
und die ganze Gesellschaft der Tiere schwamm ans Ufer
și întregul grup de animale a înotat până la țărm

Ein Caucus-Rennen und ein langer Schwanz
O cursă de caucus și o coadă lungă
Es waren in der Tat ein lustig aussehender Haufen Tiere
Erau într-adevăr o grămadă de animale cu aspect amuzant
und sie versammelten sich alle am Ufer des Wassers
și s-au adunat cu toții pe malul apei
die Vögel hatten alle zerzauste Federn
toate păsările aveau pene zdrobite
und die pelzigen Tiere waren durchnässt
iar animalele blănoase erau ude
und alle waren triefend nass, genervt und unwohl
și toate erau ude, enervate și incomode

Es gab eine Frage, die zuerst beantwortet werden musste
A existat o întrebare la care trebuia să se răspundă mai întâi
Was ist der beste Weg für alle, um trocken zu werden?
Care este cel mai bun mod pentru toată lumea de a se usca?
Sie hatten eine Konsultation zu diesem Thema
Au avut o consultare pe această temă

Bald waren sie alle auf vertrautem Einvernehmen
curând au fost cu toții în relații familiare
Es war, als ob sie sie ihr ganzes Leben lang gekannt hätte
Era ca și cum i-ar fi cunoscut toată viața
Die Maus schien eine Person mit einer gewissen Autorität zu sein
șoarecele părea a fi o persoană cu o anumită autoritate
"Setzt euch, ihr alle, und hört mir zu!
"Așezați-vă, cu toții, și ascultați-mă!
"Ich werde euch bald wieder alle trocken machen!"
"În curând vă voi usca din nou pe toți!"
Sie setzten sich alle auf einmal in einem großen Ring nieder
S-au așezat cu toții deodată, într-un inel mare
Und die kleine Maus saß in der Mitte
și șoarecele stătea în mijloc
"Ähm!" sagte die Maus mit einer wichtigen Miene
"Ahem!" a spus șoarecele cu un aer important
"Seid ihr bereit?"
"Sunteți cu toții gata?"
"Das ist das Trockenste, was ich kenne"
"Acesta este cel mai uscat lucru pe care îl cunosc"
»Schweigen Sie ringsum, wenn Sie wollen!«
"Tăcere peste tot, te rog!"
"Wilhelm der Eroberer wurde vom Papst begünstigt"
"William Cuceritorul a fost favorizat de papă"
"aber er wurde bald von den Engländern unterworfen"
"dar în curând a fost supus de englezi"
"Sie wollten in letzter Zeit Führer"
"Au vrut lideri în ultima vreme"
"Und sie waren an Macht und Eroberung gewöhnt"
"și erau obișnuiți cu puterea și cucerirea"
"Edwin und Morcar, die Grafen von Mercia und Northumbria"
"Edwin și Morcar, conții de Mercia și Northumbria"
»Pfui!« sagte der Lori-Vogel mit einem Schauer
"Ugh!" a spus pasărea lori, cu un fior
"und sogar Stigand, der patriotische Erzbischof von

Canterbury"
"şi chiar Stigand, arhiepiscopul patriot de Canterbury"
"Er fand es auch ratsam"
"De asemenea, i s-a părut recomandabil"
"Was hielt er für ratsam?" fragte die Ente
"Ce i s-a părut de cuviinţă?" a spus raţa
"Er fand es ratsam", antwortete die Maus ziemlich verärgert
"I s-a părut recomandabil", a răspuns şoarecele destul de supărat
aber die Ente war nicht zufrieden
dar raţa nu era mulţumită
"Natürlich weißt du, was 'es' bedeutet"
"Desigur, ştii ce înseamnă "asta"
"Ich weiß, was es ist, wenn ich etwas finde," sagte die Ente
"Ştiu ce înseamnă când găsesc ceva", a spus raţa
"Es ist in der Regel ein Frosch oder ein Wurm"
"În general, este o broască sau un vierme"
"Die Frage ist, was hat der Erzbischof gefunden?"
"Întrebarea este, ce a găsit arhiepiscopul?"
Die Maus bemerkte diese Frage nicht
Mouse-ul nu a observat această întrebare
Stattdessen fuhr die Maus hastig mit der Rede fort
În schimb, şoarecele a continuat în grabă cu discursul
"Er fand es ratsam, mit Edgar Atheling zu gehen"
"i s-a părut recomandabil să meargă cu Edgar Atheling"
"um William zu treffen und ihm die Krone anzubieten"
"pentru a-l întâlni pe William şi a-i oferi coroana"
fuhr die Maus fort und wandte sich dabei an Alice
şoarecele a continuat, întorcându-se spre Alice în timp ce vorbea
»Wie geht es dir jetzt, meine Liebe?«
"Cum te descurci acum, draga mea?"
»So naß wie immer,« sagte Alice in melancholischem Tone
— La fel de ud ca întotdeauna, spuse Alice pe un ton melancolic
"Diese Geschichte scheint mich überhaupt nicht auszutrocknen"

"Această poveste nu pare să mă usuce deloc"
»In diesem Falle,« sagte der Dodo feierlich und erhob sich
"În acest caz", a spus dodo solemn, ridicându-se în picioare
"Ich stimme dafür, dass die Sitzung vertagt wird"
"Votez ca ședința să fie amânată"
"und ich schlage vor, sofort energischere Heilmittel zu ergreifen"
"și propun adoptarea imediată a remediilor mai energice"
"Sprich wahre Worte!" sagte der Adler
"Spune cuvinte adevărate!" a spus vulturul
"Ich weiß nicht, was die Hälfte dieser langen Worte bedeutet"
"Nu știu semnificația a jumătate din acele cuvinte lungi"
»und außerdem glaube ich nicht, daß Sie es wissen!«
și, mai mult, nu cred că știi nici tu!
»Was ich sagen wollte«, sagte der Dodo in beleidigtem Ton
"Ce aveam de gând să spun", a spus dodo-ul pe un ton ofensat
"Das Beste, was uns trocken kriegt, wäre ein Caucus-Rennen"
"Cel mai bun lucru pentru a ne usca ar fi o cursă de caucus"
»Was ist ein Caucus-Rennen?« fragte Alice
— Ce este o cursă de caucus? întrebă Alice

"Nun", sagte der Dodo, "der beste Weg, es zu erklären, ist, es
zu tun."
"Ei bine", a spus dodo-ul, "cel mai bun mod de a explica este să
o faci"
"Zuerst steckte der Dodo eine Rennbahn ab"
"Mai întâi dodo a marcat un hipodrom"
"Die Strecke verlief in einer Art Kreis"
"Pista era într-un fel de cerc"
"Und dann wurde die ganze Gesellschaft entlang der Strecke
platziert"
"Și apoi tot grupul a fost așezat de-a lungul traseului"
Es gab kein "Eins, zwei, drei und weg!"
Nu a fost "Unu, doi, trei și departe!"
aber sie fingen an zu rennen, wann sie wollten
dar au început să alerge când au vrut
Und sie beendeten auch, wenn sie wollten
și au terminat și când au vrut
Es war also nicht einfach zu wissen, wann das Rennen
vorbei war
așa că nu a fost ușor să știi când s-a terminat cursa
Nach etwa einer halben Stunde Laufen waren sie alle
ziemlich trocken
După aproximativ o jumătate de oră de alergare, toate erau
destul de uscate
der Dodo rief plötzlich: "Das Rennen ist vorbei!"
dodo a strigat brusc: "Cursa s-a terminat!"
Und sie drängten sich alle um den Dodo
și toți s-au înghesuit în jurul dodo-ului
Alle Tiere hechelten und schnauften
toate animalele gâfâiau și pufăiau
und sie alle wollten wissen: "Aber wer hat gewonnen?"
și toți au vrut să știe: "Dar cine a câștigat?"
Diese Frage konnte der Dodo nicht sofort beantworten
La această întrebare dodo-ul nu a putut răspunde imediat
Zuerst musste er sehr viel nachdenken
Mai întâi a trebuit să se gândească mult
Nach langem Nachdenken sprach der Dodo schließlich

După ce s-a gândit mult, Dodo a vorbit în sfârșit
"Jeder hat gewonnen, und jeder muss Preise haben"
"Toată lumea a câștigat și toți trebuie să aibă premii"
»Aber wer soll die Preise geben?« fragte ein Chor von Stimmen
"Dar cine va da premiile?" a întrebat un cor de voci
"Nun, sie natürlich", sagte der Dodo
"Ei bine, ea, desigur", a spus dodo
und der Dodo deutete mit einem Finger auf Alice
iar dodo a arătat cu un deget către Alice
und die ganze Gesellschaft von Tieren drängte sich um sie
și întregul grup de animale s-a înghesuit în jurul ei
sie riefen verwirrt: »Preise! Preise!"
ei au strigat, într-un mod confuz: "Premii! Premii!"
Alice hatte keine Ahnung, was sie tun sollte
Alice habar n-avea ce să facă
Verzweifelt steckte sie die Hand in die Tasche
disperată, și-a băgat mâna în buzunar
Und sie zog eine Schachtel mit Süßigkeiten hervor
și a scos o cutie de dulciuri
Glücklicherweise war das Salzwasser nicht in den Kasten gelangt
Din fericire, apa sărată nu a intrat în cutie
Und sie reichte die Süßigkeiten als Preise herum
și a dat dulciurile ca premii
Es gab genau ein Stück für jeden
Era exact o piesă pentru toată lumea
Das nächste, was sie tun mussten, war, die Süßigkeiten zu essen
Următorul lucru pe care trebuiau să-l facă era să mănânce dulciurile
Dies verursachte einige Geräusche und Verwirrung
Acest lucru a provocat zgomot și confuzie
Die großen Vögel klagten, dass sie ihre Süßigkeiten nicht schmecken konnten
Păsările mari se plângeau că nu le pot gusta dulciurile
Die Kleinen verschluckten sich und mussten auf den

Rücken geklopft werden
Cei mici s-au sufocat și au trebuit să fie bătuți pe spate
Doch dann war es endlich vorbei
Cu toate acestea, s-a terminat în sfârșit
Und sie setzten sich wieder in einem Ring nieder
și s-au așezat din nou într-un inel
Und sie flehten die Maus an, ihnen noch etwas zu erzählen
și l-au implorat pe șoarece să le mai spună ceva
»Du hast versprochen, mir deine Geschichte zu erzählen,
weißt du,« sagte Alice
— Mi-ai promis să-mi spui istoria ta, știi, spuse Alice
und sie machte noch eine kleine Bemerkung über Katzen im
Flüsterton
și a mai făcut o mică remarcă despre pisici în șoaptă
Sie wollte die Maus nicht noch einmal beleidigen
Nu voia să-l jignească din nou pe șoarece
die kleine Maus drehte sich zu Alice um und seufzte
șoarecele s-a întors spre Alice și a oftat
"Meine Geschichte ist lang und traurig!"
"A mea este o poveste lungă și tristă!"
»Es ist gewiß ein langer Schwanz,« sagte Alice
— E o coadă lungă, cu siguranță, spuse Alice
Und sie blickte verwundert auf den Schwanz der Maus
hinunter
și s-a uitat cu uimire la coada șoarecelui
"Aber warum nennst du es einen traurigen Schwanz?"
"Dar de ce o numești o coadă tristă?"
Und sie rätselte unaufhörlich, während die Maus sprach
Și a continuat să se întrebe despre asta în timp ce șoarecele
vorbea
so daß ihre Vorstellung von der Geschichte ungefähr so
aussah
așa că ideea ei despre poveste era cam așa

"Fury said to
a mouse, That
he met in the
house, 'Let
us both go
to law: *I*
will prosecute
you.——
Come, I'll
take no denial:
We must have
the trial;
For really
this morning
I've
nothing
to do.'
Said the
mouse to
the cur,
'Such a
trial, dear
sir, With
no jury
or judge,
would
be wasting
our
breath."
'I'll be
judge,
I'll be
jury,'
said
cunning
old
Fury;
'I'll
try
the
whole
cause,
and
condemn
you to
death.'"

Fury sagte zu einer Maus, die er im Haus getroffen hat."

Furia i-a spus unui șoarece că s-a întâlnit în casă"

Lasst uns beide vor Gericht gehen: Ich werde euch anklagen

Să mergem amândoi în justiție: te voi judeca

Kommen Sie, ich leugne es nicht: Wir müssen den Prozeß haben

Hai, nu voi nega: trebuie să avem procesul

Denn heute morgen habe ich wirklich nichts zu tun

Căci într-adevăr în această dimineață nu am nimic de făcut

Sagte die Maus zum Pfarrer;

A spus şoarecele curului;

Ein solcher Prozeß, lieber Herr, ohne Geschworene und Richter, würde uns den Atem rauben

Un astfel de proces, dragă domn, fără juriu sau judecător, ne-ar pierde răsuflarea

»Ich werde Richter sein, ich werde Geschworener sein«, sagte der schlaue alte Fury

— Voi fi judecător, voi fi jurat, spuse bătrânul viclean Fury

Ich werde die ganze Sache prüfen und dich zum Tode verurteilen

Voi judeca întreaga cauză şi te voi condamna la moarte

die Maus sprach streng zu Alice

şoarecele i-a vorbit sever lui Alice

"Du passt nicht auf!"

"Nu eşti atent!"

"Woran denkst du?"

"La ce te gândeşti?"

»Ich bitte um Verzeihung,« sagte Alice sehr demütig

— Vă cer iertare, spuse Alice foarte umilă

»Sie waren in der fünften Kurve angelangt, glaube ich?«

— Ai ajuns la a cincea curbă, cred?

"Du beleidigst mich, indem du so einen Unsinn redest!"

"Mă insulti spunând astfel de prostii!"

Und die Maus stand auf und ging weg

şi şoarecele s-a ridicat şi a plecat

Alice rief der kleinen Maus hinterher

Alice a strigat după şoarecele mic

"Bitte komm zurück und beende deine Geschichte!"

"Vă rog să vă întoarceţi şi să vă terminaţi povestea!"

Und die andern stimmten alle in den Chor ein

Şi ceilalţi s-au alăturat în cor

"Ja, bitte beenden Sie Ihre Geschichte!"

"Da, te rog să-ţi termini povestea!"

Aber die Maus schüttelte nur ungeduldig den Kopf

Dar şoarecele doar a clătinat din cap cu nerăbdare

Und die kleine Maus ging ein wenig schneller

și șoarecele a mers puțin mai repede

"Ich wünschte, ich hätte Dinah, unsere Katze, hier!" sagte Alice

— Aș vrea să o am pe Dinah, pisica noastră, aici! spuse Alice

Dies erregte in der Partei ein bemerkenswertes Aufsehen

Acest lucru a provocat o senzație remarcabilă în rândul partidului

Einige der Vögel eilten sofort davon

Unele dintre păsări s-au grăbit să plece imediat

und ein Kanarienvogel rief mit zitternder Stimme seinen Kindern zu;

și un canar a strigat cu voce tremurândă către copiii săi;

»Kommt fort, meine Lieben!«

"Pleacă, dragii mei!"

"Es ist höchste Zeit, dass ihr alle im Bett seid!"

"E timpul să fiți cu toții în pat!"

Mit verschiedenen Ausreden gingen sie alle weg

Cu diverse scuze au plecat cu toții

und Alice war bald allein

și Alice a rămas curând singură

"Ich wünschte, ich hätte Dina nicht erwähnt!"

"Mi-aș fi dorit să nu fi menționat-o pe Dinah!"

"Niemand scheint sie hier unten zu mögen"

"Nimănui nu pare să-i placă aici jos"

"Aber ich bin mir sicher, dass sie die beste Katze von der Welt ist!"

dar sunt sigură că e cea mai bună pisică din lume!

Die arme Alice fing wieder an zu weinen

Biata Alice a început să plângă din nou

weil sie sich sehr einsam und niedergeschlagen fühlte

pentru că se simțea foarte singură și deprimată

Nach einer Weile aber hörte sie wieder etwas

După puțin timp, însă, a auzit din nou ceva

ein leises Getrappel von Schritten in der Ferne

un mic zgomot de pași în depărtare

und sie blickte eifrig auf

și ea și-a ridicat privirea cu nerăbdare

Der Hase schickt den kleinen Mr. Bill herein
Iepurele îl trimite pe micul domn Bill

Es war das weiße Kaninchen, das langsam wieder zurücktrabte
Era iepurele alb, trăgând încet înapoi
Er sah sich ängstlich um, während er ging
se uita în jur cu nerăbdare în timp ce mergea
Er sah aus, als hätte er etwas verloren
Părea că ar fi pierdut ceva
Alice hörte, wie er vor sich hin murmelte
Alice l-a auzit mormăind în sinea sa
»Die Herzogin! Die Herzogin! Oh, meine lieben Pfoten!"
"Ducesa! Ducesa! Oh, dragile mele labele!"
"Oh, mein Fell und meine Schnurrhaare!"
"Oh, blana și mustățile mele!"
"Sie wird mich hinrichten lassen, da bin ich mir sicher"
"Mă va executa, sunt sigur de asta"
"Genauso sicher, wie Frettchen Frettchen sind!"
"La fel de sigur ca dihorii sunt dihorii!"
"Wo kann ich meine Sachen abgestellt haben, frage ich mich?"
"Unde aș fi putut să-mi arunc lucrurile, mă întreb?"
Alice erriet in einem Augenblick, was er suchte
Alice a ghicit într-o clipă ce căuta

Er war auf der Suche nach dem Federfächer
Căuta evantaiul cu pene
Und er suchte nach dem Paar weißer Handschuhe
și căuta perechea de mănuși albe
So machte sie sich sehr gutmütig auf die Suche nach den Handschuhen
așa că a început să caute mănușile
Und sie suchte auch nach dem Federfächer
și a căutat și evantaiul cu pene
Aber die Handschuhe und der Federfächer waren nirgends zu sehen
dar mănușile și evantaiul de pene nu se vedeau nicăieri
Alles schien sich verändert zu haben, seit sie im Pool geschwommen war
Totul părea să se fi schimbat de când a înotat în piscină
Nichts war mehr so, wie es war, seit sie in der Großen Halle gewesen war
Nimic nu mai era la fel de când fusese în sala mare
und der Glastisch war verschwunden
și masa de sticlă dispăruse
Und die kleine Tür war auch nicht da
și nici ușa mică nu era acolo
Sehr bald bemerkte das Kaninchen Alice
Foarte curând iepurele a observat-o pe Alice
rief er ihr in zornigem Ton zu
El a strigat-o pe un ton furios
"Mary Ann, was machst du hier draußen?"
"Mary Ann, ce faci aici?"
"Lauf in diesem Moment nach Hause"
"Fugi acasă în acest moment"
"Und hol mir ein Paar Handschuhe und einen Federfächer!"
"Și aduceți-mi o pereche de mănuși și un evantai de pene!"
"Und beeil dich!"
"Și grăbește-te!"
Alice sprach mit sich selbst, als sie davonrannte
Alice a vorbit cu ea însăși în timp ce fugea
"Er muss mich für sein Hausmädchen gehalten haben!"

"Probabil că m-a confundat cu menajera lui!"
"Wie überrascht wird er sein, wenn er herausfindet, wer ich bin!"
"Cât de surprins va fi când va afla cine sunt!"
Während sie dies sagte, stieß sie auf ein hübsches Häuschen
În timp ce spunea acestea, a dat peste o căsuță îngrijită
An der Tür des Hauses hing eine helle Messingplatte
pe ușa casei era o placă de alamă strălucitoare
"W. HASE"
"W. IEPURE"
Sie trat ein, ohne an die Tür zu klopfen
A intrat fără să bată la ușă
und sie eilte geradewegs die Treppe hinauf
și s-a grăbit să urce la etaj
sie machte sich Sorgen, dass sie die echte Mary Ann treffen könnte
se temea că ar putea să o întâlnească pe adevărata Mary Ann
denn dann würde sie aus dem Haus gejagt werden
pentru că atunci ar fi fost dată afară din casă
Und sie würde den Federfächer und die Handschuhe nicht finden können
și nu ar fi putut găsi evantaiul și mănușile
Alice hatte den Weg in ein aufgeräumtes Kämmerlein gefunden
Alice își găsise drumul într-o cameră mică și ordonată
Im Zimmer stand ein Tisch am Fenster
În cameră era o masă lângă fereastră
und auf dem Tisch stand ein Federfächer
și pe masă era un evantai de pene
Und da waren zwei oder drei Paar winzige weiße Handschuhe
și erau două sau trei perechi de mănuși albe mici
Sie hob den Federfächer und ein Paar Handschuhe auf
A luat evantaiul cu pene și o pereche de mănuși
und sie war eben im Begriff, das Zimmer zu verlassen
și tocmai era pe cale să părăsească camera
Aber dann fiel ihr Blick auf ein Fläschchen

dar apoi ochii i-au căzut pe o sticlă mică

Sie entkorkte die Flasche und führte sie an ihre Lippen

A desfăcut sticla și și-a dus-o la buze

"Ich hoffe, dass ich dadurch wieder groß werde"

"Sper că mă va face să cresc din nou"

"Ich bin es leid, so ein winziges Ding zu sein!"

"M-am săturat să fiu un lucru atât de mic!"

Alice hatte kaum die halbe Flasche getrunken

Alice abia băuse jumătate din sticlă

Ihr Kopf drückte bereits gegen die Decke

capul îi apăsa deja de tavan

und sie musste sich bücken

și a trebuit să se aplece

um ihr das Genick vor dem Genickbruch zu bewahren

pentru a-i salva gâtul de la rupere

Hastig stellte sie die Flasche ab

Ea a lăsat în grabă sticla jos

"Das reicht"

"E destul"

"Ich hoffe, ich wachse nicht mehr"

"Sper să nu mai cresc"

Leider! Es war zu spät, das zu wünschen!

Din păcate! Era prea târziu pentru a-și dori asta!

Sie wuchs und wuchs weiter

A continuat să crească și să crească

und sehr bald musste sie sich auf den Boden knien

și foarte curând a trebuit să îngenuncheze pe podea

und selbst dann wuchs sie weiter

și chiar și atunci a continuat să crească

Als letztes Mittel streckte sie einen Arm aus dem Fenster

ca ultimă resursă, a scos un braț pe fereastră

und sie setzte einen Fuß auf den Schornstein

și a pus un picior pe horn

"Jetzt kann ich nicht mehr, was auch immer passiert"

"Acum nu mai pot face nimic, orice s-ar întâmpla"

»Was wird aus mir?«

"Ce se va întâmpla cu mine?"

Alice hatte Glück
Alice a avut un pic de noroc
Das kleine Zauberfläschchen hatte seine volle Wirkung entfaltet
Mica sticlă magică îşi făcuse efectul deplin
und Alice wurde nicht größer, als sie war
iar Alice nu a crescut mai mare decât era
Nach ein paar Minuten hörte sie draußen eine Stimme
După câteva minute, a auzit o voce afară
Und sie blieb stehen, um der Stimme zu lauschen
şi s-a oprit să asculte vocea
»Mary Ann! Mary Ann!« sagte die Stimme
"Mary Ann! Mary Ann!" a spus vocea
"Hol mir gleich meine Handschuhe!"
"Aduceţi-mi mănuşile acum!"
Dann ertönte ein leises Getrappel von Füßen auf der Treppe
Apoi a venit un mic zgomot de picioare pe scări
Alice wusste, dass es das Kaninchen war, das kam, um sie zu

suchen
Alice știa că iepurele venea să o caute
und sie zitterte, bis sie das Haus erschütterte
și a tremurat până a zguduit casa
Sie vergaß ganz, welche Proportionen sie hatte
a uitat cu totul care erau proporțiile ei
Sie war tausendmal so groß wie das Kaninchen
Era de o mie de ori mai mare decât iepurele
und sie hatte keinen Grund, sich vor einem Kaninchen zu fürchten
și nu avea niciun motiv să-i fie frică de un iepure
Bald kam das Kaninchen an die Tür heran
În curând, iepurele se apropie de ușă
Und das kleine Kaninchen versuchte, die Tür zu öffnen
și iepurașul a încercat să deschidă ușa
Die Tür begann sich nach innen zu öffnen
ușa a început să se deschidă spre interior
aber Alices Ellbogen wurde hart gegen die Tür gedrückt
dar cotul lui Alice era lipit puternic de ușă
Dieser Versuch erwies sich als Fehlschlag
Această încercare s-a dovedit a fi un eșec
Alice hörte, wie das Kaninchen mit sich selbst sprach
Alice a auzit iepurele vorbind singur
"Dann gehe ich herum und steige durch das Fenster ein"
"Atunci mă voi întoarce și voi intra pe fereastră"
"Das wirst du nicht!" dachte Alice
"Că nu o vei face!" se gândi Alice
und sie wartete wieder ein wenig
și a așteptat din nou puțin
Bald hörte sie das Kaninchen gerade unter dem Fenster
Curând a auzit iepurele chiar sub fereastră
Plötzlich streckte sie ihre Hand aus
Și-a întins brusc mâna
Und sie machte einen Sprung in die Luft
și a făcut o smulgere în aer
Sie bekam nichts in die Finger
Nu a pus mâna pe nimic

aber sie hörte einen kleinen Schrei und einen Sturz
dar a auzit un mic țipăt și o cădere
und sie hörte ein Krachen von zerbrochenem Glas
și a auzit o prăbușire de sticlă spartă
Vielleicht war das Kaninchen gefallen
poate că iepurele căzuse
Vielleicht war er in einem Gewächshaus
poate că era într-o seră
Dann ertönte eine zornige Stimme; Die Stimme des Kaninchens
Apoi a venit o voce furioasă; Vocea iepurelui
"Pat, wo bist du?"
"Pat, unde ești?"
Und dann ertönte eine Stimme, die sie noch nie zuvor gehört hatte
Și apoi a venit o voce pe care nu o mai auzise până atunci
"Euer Ehren, ich bin hier!"
"Onoarea voastră, sunt aici!"
"Ich grabe nach Äpfeln"
"Caut mere"
»Hier! Komm und hilf mir da raus!"
"Aici! Vino și ajută-mă să ies din asta!"
»Nun sag mir, Pat, was ist das da im Fenster?«
"Acum spune-mi, Pat, ce e asta în fereastră?"
"Sicher, Euer Ehren, ich werde es Ihnen sagen"
"Sigur, onoarea voastră, vă voi spune"
"Das ist ein Arm, der im Fenster steckt!"
"Este un braț care este în fereastră!"
"Na ja, da hat ein Arm nichts zu suchen"
"Ei bine, un braț nu are ce căuta acolo"
"Geh und nimm den Arm weg!"
"Du-te și ia brațul!"
Hierauf trat ein langes Schweigen ein
După aceea s-a făcut o lungă tăcere
und Alice konnte nur ab und zu ein Flüstern hören
iar Alice nu auzea decât șoapte din când în când
und endlich streckte sie die Hand wieder aus

și în cele din urmă și-a întins din nou mâna
Und sie machte einen weiteren Sprung in die Luft
și a făcut o altă smulgere în aer
Diesmal gab es zwei kleine Schreie
De data aceasta s-au auzit două țipete mici
und es gab noch mehr Geräusche von zerbrochenem Glas
și au fost mai multe sunete de sticlă spartă
"Ich möchte wohl wissen, was sie nun tun werden!" dachte Alice
"Mă întreb ce vor face în continuare!" se gândi Alice
"Ich wünschte, sie würden mich aus dem Fenster ziehen"
"Mi-aș dori să mă scoată pe fereastră"
Sie wartete eine Weile
A așteptat ceva timp
aber eine Weile hörte sie nichts mehr
dar pentru o vreme nu a mai auzit nimic
Endlich ertönte das Rumpeln kleiner Rädchen
În cele din urmă s-a auzit un vuiet de roți mici
Und da ertönten viele Stimmen
și s-a auzit sunetul multor voci
Alle Stimmen sprachen miteinander
toate vocile vorbeau împreună
Sie konnte einige der Worte verstehen
A putut distinge unele dintre cuvinte
"Wo ist die andere Leiter?"
"Unde este cealaltă scară?"
"Bill hat die andere Leiter"
"Bill are cealaltă scară"
"Bill, komm her!"
"Bill, vino aici!"
"Wird das Dach die Last tragen?"
"Va suporta acoperișul povara?"
"Wer will schon den Schornstein hinuntergehen?"
"Cine vrea să coboare pe horn?"
»Nein, das werde ich nicht! Du machst es!"
— Nu, nu o voi face! O faci!"
»Hier, Bill!«

— Uite, Bill!

"Der Meister sagt, du musst in den Schornstein hinunter!"

"Stăpânul spune că trebuie să cobori pe horn!"

Alice zog ihren Fuß so weit den Schornstein hinab, wie sie konnte

Alice și-a tras piciorul cât de mult a putut pe horn

Und dann wartete sie, was kommen würde

și apoi a așteptat să vadă ce urmează

Sie hörte ein kleines Tier kratzen und krabbeln

A auzit un animal mic zgâriindu-se și zgâriindu-se

Das Tierchen muss sich im Schornstein befinden

micul animal trebuie să fie în coș

dann gab sie einen scharfen Tritt

apoi a dat o lovitură puternică

Und sie wartete ab, was als nächstes geschehen würde

și a așteptat să vadă ce se va întâmpla în continuare

Sie hörte einen allgemeinen Chor von Stimmen

a auzit un cor general de voci

"Da geht Bill!", sagten alle

"Iată-l pe Bill!" au spus cu toții

Dann hörte sie allein die Stimme des Kaninchens

apoi a auzit vocea iepurelui singură

"Du an der Hecke, fang ihn!"

— Tu de gard viu, prinde-l!

Es trat wieder ein Augenblick des Schweigens ein

A mai fost un moment de reculegere

Und dann gab es wieder ein Stimmengewirr

și apoi a fost o altă confuzie de voci

"Halt seinen Kopf hoch, Brandy"

"Ridică-i capul, Brandy"

"Pass auf, dass du ihn nicht würgst"

"ai grijă să nu-l sufoci"

"Was ist mit dir passiert?"

"Ce s-a întâmplat cu tine?"

Zuletzt kam eine kleine, schwache, quietschende Stimme

Ultima a venit o voce slabă și scârțâitoare

"Nun, ich weiß es kaum mehr"

"Ei bine, abia știu mai multe"
"Danke euch allen, mir geht es jetzt besser"
"Mulțumesc tuturor, sunt mai bine acum"
"Es gibt eine Sache, an die ich mich erinnern kann"
"Îmi amintesc un lucru"
"Irgendetwas kommt auf mich zu wie ein Zug im Tunnel"
"Ceva vine spre mine ca un tren într-un tunel"
"Und ich fliege hoch wie eine Rakete!"
"și zbor în sus ca o rachetă!"
Es gab ein oder zwei Minuten des Schweigens
A fost un minut sau două de tăcere
Und dann fingen sie wieder an, sich zu bewegen
și apoi au început să se miște din nou
und Alice hörte das Kaninchen wieder sprechen
și Alice l-a auzit pe iepure vorbind din nou
"Ein Karren voll reicht für den Anfang"
"Un tumul va fi de ajuns, pentru început"
"Einen Karren voll wovon?" dachte Alice
"Un tumul de ce?" se gândi Alice
Aber sie wurde nicht lange in Atem gehalten
Dar nu a fost ținută în suspans mult timp
Ein Regen von kleinen Kieselsteinen drang durch das Fenster
O ploaie de pietricele a intrat pe fereastră
und einige der kleinen Kieselsteine trafen sie im Gesicht
și unele pietricele au lovit-o în față
Alice wunderte sich über die kleinen Kieselsteine
Alice a fost surprinsă de pietricelele mici
all die kleinen Kieselsteine verwandelten sich in Kuchen
toate pietricelele mici se transformau în prăjituri
und eine glänzende Idee kam ihr in den Kopf
și o idee strălucită i-a venit în cap
"Einen von diesen Kuchen sollte ich essen"
"Ar trebui să mănânc una din prăjiturile astea"
"Der Kuchen wird sicher etwas an meiner Größe ändern"
"Tortul va face cu siguranță o schimbare în dimensiunea mea"
Also schluckte sie einen der Kuchen

Așa că a înghițit una dintre prăjituri
und sie freute sich, als sie feststellte, dass sie anfing zu schrumpfen
și a fost încântată să afle că a început să se micșoreze
Bald war sie klein genug, um durch die Tür zu kommen
curând a fost suficient de mică pentru a intra pe ușă
Sie rannte aus dem Haus
a fugit din casă
Draußen wartete eine Menge kleiner Tiere und Vögel
o mulțime de animale mici și păsări așteptau afară
alle kleinen Vögel und Tiere stürzten sich auf Alice
toate păsările și animalele s-au repezit asupra lui Alice
aber sie rannte davon, so schnell sie konnte
dar a fugit cât de repede a putut
und bald fand sie sich sicher in einem dichten Walde
și curând s-a trezit în siguranță într-o pădure deasă
Alice irrte im Walde umher
Alice rătăcea prin pădure
Und sie dachte bei sich:
și se gândi:
"Ich weiß, was ich zuerst zu tun habe"
"Știu ce trebuie să fac mai întâi"
"erst muss ich wieder auf meine richtige Größe wachsen"
"mai întâi trebuie să cresc din nou la dimensiunea potrivită"
"Und dann muss ich den Weg in diesen schönen Garten finden"
"și apoi trebuie să-mi găsesc drumul în acea grădină minunată"
"Ich glaube, ich sollte irgendetwas essen oder trinken"
"Presupun că ar trebui să mănânc sau să beau ceva sau altceva"
"Aber die Frage ist, was soll ich essen oder trinken?"
"dar întrebarea este ce ar trebui să mănânc sau să beau?"
Alice blickte sich um und betrachtete die Blumen
Alice s-a uitat în jur la flori
Und sie schaute durch die Grashalme hindurch
și s-a uitat printre firele de iarbă

aber sie konnte nichts zu essen und zu trinken sehen
dar nu putea vedea nimic de mâncare sau de băut
Nichts sah nach dem Richtigen zum Essen oder Trinken aus
Nimic nu părea a fi corect de mâncat sau de băut
In ihrer Nähe wuchs ein großer Pilz
Era o ciupercă mare care creștea lângă ea
der Pilz war ungefähr so groß wie Alice
ciuperca avea aproximativ aceeași înălțime ca Alice
Sie streckte sich auf den Zehenspitzen auf
S-a întins pe vârfuri
Und sie guckte über den Rand des Pilzes
și s-a uitat peste marginea ciupercii
Ihre Augen trafen sofort die Augen einer großen blauen Raupe
Ochii ei s-au întâlnit imediat cu ochii unei omizi albastre mari
Die Raupe saß auf der Spitze des Pilzes
omida stătea deasupra ciupercii
und die Raupe hatte alle Arme gekreuzt
iar omida îi încrucișase toate brațele
Und er rauchte leise eine lange Wasserpfeife
și fuma în liniște o narghilea lungă
und er nahm nicht die geringste Notiz von irgendetwas
și nu a băgat în seamă nimic
und er achtete gewiß nicht auf Alice
și cu siguranță nu i-a acordat atenție lui Alice

Ratschläge von einer Raupe
Sfaturi de la o omidă
Endlich nahm die Raupe die Shisha aus dem Maul
În cele din urmă, omida a scos narghilea din gură
und er redete Alice mit einer trägen, schläfrigen Stimme an
și i s-a adresat lui Alice cu o voce lânguitoare și somnoroasă
"Wer bist du?" fragte die Raupe
"Cine ești?" a spus omida

Alice antwortete etwas schüchtern: "Ich weiß es kaum, Sir."
Alice a răspuns, destul de timidă: "Abia știu, domnule"
"Gerade im Moment ist alles ein bisschen..."
"Tocmai în acest moment totul este un pic..."
"Ich weiß, wer ich war, als ich heute Morgen aufgestanden bin."
"Știu cine eram când m-am trezit azi dimineață"
"aber ich glaube, ich muss mich seitdem mehrmals verändert haben"
dar cred că m-am schimbat de mai multe ori de atunci.
"Was meinst du damit?" sagte die Raupe
"Ce vrei să spui prin asta?" a spus omida

Streng forderte die Raupe sie auf, sich zu erklären
Omida i-a cerut să se explice
»Ich kann mich nicht erklären, fürchte ich, Sir«, sagte Alice
— Nu pot să mă explic, mă tem, domnule, spuse Alice
"weil ich nicht ich selbst bin"
"pentru că nu sunt eu însumi"
**"Du siehst, es ist sehr verwirrend, so viele verschiedene
Größen an einem Tag zu haben"**
"Vezi, a fi atât de multe dimensiuni diferite într-o zi este foarte
confuz"
Sie raffte sich auf und sagte sehr ernst:
Ea s-a ridicat și a spus foarte grav:
"Ich denke, du solltest mir zuerst sagen, wer du bist"
"Cred că ar trebui să-mi spui cine ești, mai întâi"
"Warum?" fragte die Raupe
"De ce?" a spus omida
Alice fiel kein guter Grund ein
Alice nu se putea gândi la niciun motiv întemeiat
**und die Raupe schien sich in einem sehr unangenehmen
Gemütszustand zu befinden**
iar omida părea să fie într-o stare de spirit foarte neplăcută
also wandte sie sich ab
așa că s-a întors
"Komm zurück!" rief ihr die Raupe nach
"Întoarce-te!" a strigat omida după ea
"Ich habe etwas Wichtiges zu sagen!"
"Am ceva important de spus!"
Alice drehte sich um und kam wieder zurück
Alice s-a întors și s-a întors din nou
"Behalte die Fassung!" sagte die Raupe
"Păstrează-ți cumpătul", a spus omida
»Ist das alles?« fragte Alice
— Asta e tot? spuse Alice
und sie schluckte ihren Zorn hinunter, so gut sie konnte
și și-a înghițit furia cât de bine a putut
"Nein!" sagte die Raupe
"Nu", a spus omida

Die Raupe breitete ihre Arme aus
omida și-a desfăcut brațele
Und er nahm die Shisha wieder aus dem Mund
și și-a scos din nou narghilea din gură
Und er sagte: "Du glaubst also, du bist verändert, oder?"
și el a spus: "Deci crezi că te-ai schimbat, nu-i așa?"
»Ich fürchte, ich bin verändert, Sir,« sagte Alice
— Mi-e teamă, m-am schimbat, domnule, spuse Alice
"Ich kann mich nicht mehr so an Dinge erinnern, wie ich sie früher in Erinnerung hatte"
"Nu-mi amintesc lucrurile așa cum îmi amintesc înainte"
"Und ich bleibe nicht länger als zehn Minuten gleich groß!"
"Și nu stau la aceeași dimensiune mai mult de zece minute!"
"Wie groß willst du sein?" fragte die Raupe
"Ce mărime vrei să ai?" a întrebat omida
»Oh, es ist mir nicht besonders wichtig, wie groß ich bin«, erwiderte Alice hastig
"Oh, nu mă deranjează în mod deosebit ce mărime am", a răspuns Alice în grabă
"Ich mag es einfach nicht, so oft die Größe zu wechseln, weißt du"
"Pur și simplu nu-mi place să schimb dimensiunea atât de des, știi"
"Ich würde gerne etwas größer sein, Sir"
"Aș vrea să fiu puțin mai mare, domnule"
»wenn es dir nichts ausmacht,« fügte Alice hinzu
— Dacă nu te-ar deranja, adăugă Alice
"Zehn Zentimeter sind so eine erbärmliche Größe"
"Zece centimetri este o înălțime atât de mizerabilă"
"Das ist wirklich eine sehr gute Höhe!" sagte die Raupe ärgerlich
"Este într-adevăr o înălțime foarte bună!" a spus omida furioasă
und er richtete sich auf, während er sprach
și s-a ridicat drept în timp ce vorbea
Er war genau zehn Zentimeter groß
avea exact zece centimetri înălțime

In ein oder zwei Minuten war die Raupe vom Pilz
heruntergekommen
Într-un minut sau două, omida a coborât de pe ciupercă
und er kroch ins Gras
și s-a târât în iarbă
Als er sich entfernte, machte er einige kleine Bemerkungen
Când a plecat, a făcut câteva mici remarci
"Eine Seite lässt dich größer werden"
"O parte te va face să crești mai înalt"
"Und die andere Seite wird dich kleiner werden lassen"
"Și cealaltă parte te va face să devii mai scurt"
"Eine Seite wovon?" dachte Alice bei sich
"O parte a ce?" se gândi Alice în sinea ei
"Die andere Seite von was?"
"Cealaltă parte a a ce?"
"Die Seite des Pilzes!" sagte die Raupe
"partea laterală a ciupercii", a spus omida
Es war, als hätte sie ihre Frage laut gestellt
Era ca și cum și-ar fi pus întrebarea cu voce tare
und im nächsten Augenblick war er außer Sichtweite
și într-o altă clipă, a dispărut din vedere
Alice blieb stehen und betrachtete den Pilz nachdenklich
Alice a rămas uitându-se gânditoare la ciupercă
Sie versuchte herauszufinden, welche die beiden Seiten des
Pilzes waren
încerca să deslușească care erau cele două părți ale ciupercii
Endlich streckte sie ihre Arme um den Pilz
În cele din urmă și-a întins brațele în jurul ciupercii
und sie brach ein Stück der Ränder ab
și a rupt o bucată din margini
»Und nun, welche Seite ist welche?« fragte sie sich
"Și acum, de ce parte este care?" și-a spus ea
und sie knabberte ein wenig von dem Stück der rechten
Hand
și a ciugulit puțin din partea dreaptă
Im nächsten Augenblick spürte sie einen heftigen Schlag
unter ihrem Kinn

În clipa următoare a simțit o lovitură violentă sub bărbie
Ihr Kinn hatte ihren Fuß getroffen!
bărbia îi lovise piciorul!
Sie war sehr erschrocken über diese sehr plötzliche Veränderung
A fost destul de speriată de această schimbare foarte bruscă
Sie schrumpfte sehr schnell
se micșora foarte repede
Also aß sie schnell etwas von dem anderen Stück Pilz
așa că a mâncat repede o parte din cealaltă ciupercă
Ihr Kinn war sehr eng gegen ihren Fuß gepresst
Bărbia îi era apăsată foarte strâns pe picior
Es war kaum Platz, um den Mund aufzumachen
abia mai era loc să-și deschidă gura
aber schließlich gelang es ihr, den Mund aufzumachen
dar în cele din urmă a reușit să deschidă gura
und sie schluckte einen Bissen von dem linken Stück
și a înghițit o bucată din bucățica de mână stângă
»mein Kopf ist endlich frei!« sagte Alice
"Capul meu a fost în sfârșit eliberat!" a spus Alice
Sie blickte an sich herunter
Ea s-a uitat în jos la ea
aber alles, was sie sehen konnte, war ein ungeheurer Hals
dar tot ce putea vedea era o lungime imensă a gâtului
Ihr Hals schien sich wie ein Stiel zu erheben
gâtul ei părea să se ridice ca o tulpină
Und sie blickte auf ein Meer von grünen Blättern hinab
și s-a uitat în jos peste o mare de frunze verzi
"Wo sind meine Schultern geblieben?"
"Unde au ajuns umerii mei?"
»Und ach, meine armen Hände, wie kommt es, daß ich euch nicht sehen kann?«
"Și oh, sărmanele mele mâini, cum se face că nu te pot vedea?"
Aber ihr Hals hatte einen Vorteil
Dar gâtul ei a avut un beneficiu
Sie konnte ihren Kopf in jede Richtung bewegen
își putea mișca capul în orice direcție

Tatsächlich war sie wie eine Schlange
de fapt, era ca un șarpe
Sie senkte anmutig ihren Kopf im Zickzack
Și-a zigzagat grațios capul în jos
Und sie bewegte ihren Kopf durch die Bäume
și și-a mișcat capul printre copaci
Aber dann hörte sie ein scharfes Zischen
dar apoi a auzit un șuierat ascuțit
Und sie zog schnell den Kopf zurück
și și-a tras repede capul înapoi
Eine große Taube war ihr ins Gesicht geflogen
un porumbel mare îi zburase în față
und die Taube fuhr mit den Flügeln heftig zusammen
iar porumbelul era violent cu aripile

»Schlange!« rief die Taube

"Şarpe!" a strigat porumbelul

"Ich bin keine Schlange!" sagte Alice entrüstet

— Nu sunt un șarpe! spuse Alice indignată

"Laß mich in Ruhe!"

"Lasă-mă în pace!"

"Ich habe die Wurzeln von Bäumen ausprobiert"

"Am încercat rădăcinile copacilor"

"Und ich habe es mit Hecken versucht", fuhr die Taube fort

"și am încercat garduri vii", a continuat porumbelul

»Aber diese Schlangen! Man kann es ihnen nicht recht machen!"

"Dar acei șerpi! Nu le poți mulțumi!"

Alice war immer verwirrter

Alice era din ce în ce mai nedumerită

"Als ob es nicht schon Mühe genug wäre, die Eier auszubrüten!" sagte die Taube

"Ca și cum nu ar fi fost destul de greu să eclozăm ouăle", a spus porumbelul

"Tag und Nacht muss ich mich auch vor Schlangen in Acht nehmen!"

"Noaptea și ziua trebuie să am grijă și de șerpi!"

"Ich hatte gerade den höchsten Baum im Wald gefunden"

"Tocmai găsisem cel mai înalt copac din pădure"

"Wäre ich hier sicher frei von Schlangen?"

"Sigur că aș fi scăpat de șerpi aici?"

"Und heraus kommt eine Schlange vom Himmel!"

"Și iese un șarpe din cer!"

"Aber ich bin keine Schlange, sage ich dir!" sagte Alice

— Dar nu sunt un șarpe, îți spun! spuse Alice

"Ich bin ein... Ich bin ein... Ich bin ein kleines Mädchen«, fügte sie etwas zweifelnd hinzu

"Sunt un... Sunt un... Sunt o fetiță, adăugă ea destul de îndoielnică

Schließlich hatte sie viele Veränderungen durchgemacht

la urma urmei, trecuse prin o mulțime de schimbări

"Du suchst Eier!" sagte die Taube

"Cauți ouă", a spus porumbelul
"Das weiß ich mit Sicherheit"
"Știu asta cu siguranță"
**"Und was macht es aus, ob du ein kleines Mädchen oder
eine Schlange bist?"**
"Și ce contează dacă ești o fetiță sau un șarpe?"
»Es liegt mir sehr viel daran,« sagte Alice hastig
— Contează foarte mult pentru mine, spuse Alice în grabă
**"Aber ich bin nicht auf der Suche nach Eiern, wie es der
Zufall will"**
"dar nu caut ouă, așa cum se întâmplă"
"Und ich würde deine Eier sowieso nicht wollen"
"și oricum nu aș vrea ouăle tale"
"Ich mag meine Eier nicht roh"
"Nu-mi plac ouăle mele crude"
»Nun, dann fort!« sagte die Taube in mürrischem Tone
"Ei bine, pleacă atunci!" a spus porumbelul pe un ton îmbufnat
und die Taube ließ sich wieder in ihrem Nest nieder
și porumbelul s-a așezat din nou în cuibul său
Alice kauerte sich zwischen die Bäume, so gut sie konnte
Alice s-a ghemuit printre copaci cât de bine a putut
Ihr Hals verfing sich immer wieder zwischen den Ästen
gâtul ei se încurca printre crengi
**Hin und wieder musste sie anhalten und ihren Hals
aufdrehen**
din când în când trebuia să se oprească și să-și desfacă gâtul
Nach einer Weile erinnerte sie sich an den Pilz
După un timp și-a amintit ciuperca
Sie hielt die Pilzstücke noch immer in ihren Händen
Încă ținea bucățile de ciupercă în mâini
Und sie machte sich sehr vorsichtig an die Arbeit
și s-a apucat de treabă cu mare grijă
Zuerst knabberte sie an einem Stück
Mai întâi a ciugulit One Piece
Und dann knabberte sie an dem anderen Stück
și apoi a ciugulit cealaltă bucată
Manchmal wurde sie größer

uneori creştea mai înaltă
und manchmal wurde sie kleiner
şi uneori devenea mai scurtă
Aber schließlich erreichte sie ihre übliche Größe
dar în cele din urmă şi-a atins înălţimea obişnuită
Sie war schon seit einiger Zeit nicht mehr so groß wie sie selbst
nu mai avusese înălţimea ei de ceva vreme
So fühlte sich alles eine Zeit lang seltsam an
Aşa că totul s-a simţit ciudat pentru o vreme
"Das nächste, was zu tun ist, ist, in diesen schönen Garten zu gehen"
"Următorul lucru de făcut este să intri în acea grădină frumoasă"
»wie soll man das machen?«
cum se poate face asta, mă întreb?
Während sie dies sagte, stieß sie auf einen offenen Platz
În timp ce spunea acestea, a dat peste un loc deschis
Da war ein kleines Haus, etwas höher als einen Meter
era o căsuţă, puţin mai înaltă de un metru
"Ich frage mich, wer in diesem kleinen Haus wohnt"
"Mă întreb cine locuieşte în căsuţa asta"
"So groß wie ich bin, kann ich sicher nicht reingehen"
"Cu siguranţă nu pot intra la fel de mare cum sunt"
"Ich würde sie fürchterlich erschrecken!"
"I-aş speria teribil!"
Also knabberte sie wieder an dem kleinen Pilz
aşa că a ciugulit din nou ciuperca mică
Und bald brachte sie sich dreißig Zentimeter tief
şi curând s-a coborât treizeci de centimetri

Ein Schwein und etwas Pfeffer

Un porc și niște piper

Ein oder zwei Minuten lang stand sie da und betrachtete das Haus

Un minut sau două a stat uitându-se la casă

Plötzlich kam ein Lakai aus dem Walde gerannt

Dintr-o dată, un valet a ieșit în fugă din pădure

Er trug eine spezielle Livree-Uniform

Purta o uniformă specială

Seinem Gesicht nach zu urteilen, hätte sie ihn einen Fisch genannt

judecând doar după fața lui, ea l-ar fi numit pește

und er klopfte laut mit den Fingerknöcheln an die Tür

și a bătut tare la ușă cu degetele

Die Tür wurde von einem anderen Lakaien geöffnet

ușa a fost deschisă de un alt valet

Auch dieser Lakai trug eine besondere Livree

și acest valet purta o livree specială

Dieser Lakai hatte ein rundes Gesicht und große Augen wie ein Frosch

Acest valet avea o față rotundă și ochi mari ca o broască

Der Lakai, der wie ein Fisch aussah, leitete die Zeremonie ein

Valetul care arăta ca un pește a inițiat ceremonia

Er zog etwas unter seinem Arm hervor

A scos ceva de sub braț

Und er zog unter seinem Arm einen Umschlag hervor

și a scos de sub braț un plic

und diesen Umschlag übergab er dem andern Lakaien

și acest plic l-a înmânat celuilalt valet

In zeremoniellem Tone teilte er ihm die Befehle mit

Pe un ton ceremonios, i-a spus ordinele

"Diese Botschaft ist für die Herzogin"

"Acest mesaj este pentru ducesă"

"Eine Einladung der Königin zum Krocketspielen"

"O invitație din partea reginei de a juca croquet"

Der Lakai, der wie ein Frosch aussah, wiederholte den Befehl

Valetul care arăta ca o broască a repetat ordinul

"Von der Königin"

"De la regină"

"Eine Einladung"

"o invitație"

"für die Herzogin"

"pentru ducesă"

"Krocket spielen"

"jucând croquet"

Dann verbeugten sie sich beide tief

Apoi amândoi s-au înclinat jos

und die Locken in ihren Perücken verwickelten sich ineinander

și buclele din perucile lor s-au încurcat

Bald war der Lakai, der wie ein Fisch aussah, verschwunden

curând valetul care arăta ca un pește a dispărut

Aber der Lakai, der wie ein Frosch aussah, war immer noch da

dar valetul care arăta ca o broască era încă acolo

Er saß auf dem Boden in der Nähe der Tür

stătea pe pământ lângă ușă
Er starrte dumm in den Himmel
se uita stupid la cer
Alice ging schüchtern zur Tür und klopfte
Alice s-a dus timidă la ușă și a bătut
»Es hat keinen Zweck, anzuklopfen,« sagte der Lakai
— N-are rost să bați la ușă, spuse valetul
"Und das aus zwei Gründen"
"Și asta din două motive"
"Erstens, weil ich auf der gleichen Seite der Tür stehe wie du"
"În primul rând, pentru că sunt de aceeași parte a ușii cu tine"
"Zweitens, weil sie drinnen so viel Lärm machen"
"În al doilea rând, pentru că fac atât de mult zgomot înăuntru"
"Niemand könnte dich hören"
"Nimeni nu te-ar putea auzi"
Und es war gewiß ein höchst merkwürdiger Lärm im Innern
Și cu siguranță se auzea un zgomot extraordinar înăuntru
ein ständiges Heulen und Niesen
un urlet și strănut constant
und ab und zu ein Geräusch von großem Krachen
și din când în când un sunet de mare prăbușire
als ob eine Schüssel oder ein Wasserkocher in Stücke zerbrochen wäre
ca și cum o farfurie sau un ceainic ar fi fost rupt în bucăți
"Wie soll ich da reinkommen?" fragte Alice
— Cum să intru? întrebă Alice
»Wollen Sie überhaupt hineinkommen?« fragte der Lakai
"Ar trebui să intri deloc?" a spus valetul
"Das ist die erste Frage, weißt du"
"Asta e prima întrebare, știi"
Alice öffnete die Tür und trat ein
Alice a deschis ușa și a intrat
Die Tür führte direkt in eine große Küche
Ușa ducea direct într-o bucătărie mare
Die Küche war von einem Ende bis zum anderen voller Rauch

bucătăria era plină de fum de la un capăt la altul
in der Mitte der Küche saß die Herzogin
în mijlocul bucătăriei era ducesa
Sie saß auf einem dreibeinigen Hocker
stătea pe un scaun cu trei picioare
und sie stillte ein Baby
și alăpta un copil
Die Köchin beugte sich über das Feuer
Bucătarul se apleca deasupra focului
Er rührte einen großen Kessel
Agita un cazan mare
und der Kessel schien mit Suppe gefüllt zu sein
iar cazanul părea plin de supă
"Da ist sicher zu viel Pfeffer drin!" sagte Alice zu sich selbst
"Cu siguranță este prea mult piper în supa asta!" Alice și-a
spus
Sie sagte es, so gut sie konnte, ohne zu niesen
A spus-o cât de bine a putut, fără să strănute
Sogar die Herzogin nieste gelegentlich
Chiar și ducesa strănuta din când în când
**Aber die Handlungen des Babys waren am
bemerkenswertesten**
dar acțiunile copilului au fost cele mai notabile
Das Baby nieste und heulte abwechselnd
bebelușul strănuta și urlă alternativ
**Es gab keinen Augenblick Pause zwischen Heulen und
Niesen**
Nu a fost nici o clipă de pauză între urlete și strănuturi
Es gab zwei Kreaturen in der Küche, die nicht niesten
Erau două creaturi în bucătărie care nu strănutau
Die Köchin war zu beschäftigt, um zu niesen
Bucătarul era prea ocupat să strănute
**Und die große Katze schien sich nicht an dem Pfeffer zu
stören**
iar pisica mare nu părea să se deranjeze de piper
**Stattdessen grinste die große Katze von einem Ohr zum
anderen**

În schimb, pisica mare zâmbea de la ureche la ureche
»Bitte, würdest du es mir sagen,« sagte Alice ein wenig schüchtern
— Te rog să-mi spui, spuse Alice, puţin timidă
"Warum grinst deine Katze so?"
"De ce zâmbeşte pisica ta aşa?"
»Es ist eine Cheshire-Katze,« sagte die Herzogin
— E o pisică Cheshire, spuse ducesa
"Und deshalb grinst er von Ohr zu Ohr"
"Şi de aceea zâmbeşte de la o ureche la alta"
"Ich wusste nicht, dass eine Cheshire-Katze immer grinst"
"Nu ştiam că o pisică Cheshire zâmbeşte mereu"
**"Eigentlich wusste ich nicht, dass Katzen grinsen können",
sagte Alice**
"De fapt, nu ştiam că pisicile pot zâmbi", a spus Alice
»Es gibt vieles, was Sie nicht wissen,« sagte die Herzogin
— Sunt multe lucruri pe care nu le ştii, spuse ducesa
**"Es gibt vieles, was man nicht weiß, und das ist eine
Tatsache"**
"Sunt multe lucruri pe care nu le ştii şi asta este un fapt"
**In diesem Augenblick nahm die Köchin den Kessel mit der
Suppe vom Feuer**
Chiar atunci bucătarul a scos cazanul de supă de pe foc
Und sogleich fing sie an, alles in ihre Reichweite zu werfen
şi imediat a început să arunce tot ce îi stă la îndemână
**sie warf alles, was sie konnte, auf die Herzogin und das
Baby**
a aruncat tot ce a putut în ducesă şi în copil
Zuerst warf sie die Feuereisen
Mai întâi a aruncat fiarele de călcat
Dann warf sie eine Handvoll Töpfe
apoi a aruncat o mână de cratiţe
und schließlich warf sie die Teller und Schüsseln
şi în cele din urmă a aruncat farfuriile şi vasele
Die Herzogin nahm keine Notiz von ihr
Ducesa nu a băgat-o în seamă
Selbst als sie von einem Teller getroffen wurde, machte sie

sich keine Sorgen

Chiar și atunci când a fost lovită de o farfurie, nu și-a făcut griji

Das Baby heulte schon so viel

Copilul deja urlă atât de mult

Es war also unmöglich zu sagen, ob die Schläge das Baby verletzt haben oder nicht

așa că era imposibil de spus dacă loviturile l-au rănit pe copil sau nu

"Oh, gib bitte acht, was du tust!" rief Alice

— Oh, te rog, ai grijă ce faci! strigă Alice

und sie sprang in Todesangst des Entsetzens auf und ab

și a sărit în sus și în jos într-o agonie de groază

die Herzogin bot Alice das Baby an

ducesa i-a oferit copilului lui Alice

»Hier! Du kannst das Kind ein wenig stillen, wenn du willst!«

"Aici! Poți alăpta puțin copilul, dacă vrei!"

Und sie schleuderte das Kind nach ihr, während sie sprach

și a aruncat copilul spre ea în timp ce vorbea

"Ich muss gehen und mich darauf vorbereiten, mit der Königin Krocket zu spielen"

"Trebuie să merg și să mă pregătesc să joc crochet cu regina"

und sie eilte aus dem Zimmer

și ea s-a grăbit să iasă din cameră

Alice fing das Baby mit einiger Mühe auf

Alice a prins copilul cu oarecare dificultate

weil es ein sehr seltsam geformtes kleines Wesen war

pentru că era o creatură mică cu formă foarte ciudată

Und das Kind streckte seine Arme und Beine nach allen Richtungen aus

iar bebelușul și-a întins brațele și picioarele în toate direcțiile

"Das Kind nehme ich lieber mit!" dachte Alice

"Mai bine îl iau pe acest copil cu mine", se gândi Alice

"Sie werden dieses Baby sicher in ein oder zwei Tagen töten"

"Sigur că vor ucide acest copil într-o zi sau două"

"Wäre es nicht Mord, dieses Baby zurückzulassen?"
"Nu ar fi o crimă să lași acest copil în urmă?"
Sie sprach die letzten Worte laut aus
Ea a spus ultimele cuvinte cu voce tare
Und das kleine Ding grunzte als Antwort
și micuțul a mormăit ca răspuns
"Du verwandelst dich am besten nicht in ein Schwein,
meine Liebe!" sagte Alice
— Mai bine nu te transformi în porc, draga mea, spuse Alice
"sonst habe ich nichts mehr mit dir zu tun"
altfel nu voi mai avea nimic de-a face cu tine.
Alice fing eben an, bei sich selbst zu denken:
Alice abia începea să se gândească:
»Nun, was soll ich mit diesem Geschöpf anfangen, wenn ich
es nach Hause bringe?«
"Acum, ce să fac cu această creatură, când o voi aduce acasă?"
Aber dann grunzte das kleine Geschöpf ein wenig heftig
dar apoi micuța creatură mormăi puțin violent
und Alice sah ihm erschrocken ins Gesicht
și Alice s-a uitat în fața lui cu oarecare alarmă
Diesmal konnte es keinen Irrtum geben
De data aceasta nu putea fi nicio greșeală în privința asta
Es war nicht mehr und nicht weniger als ein Schwein
nu era nici mai mult, nici mai puțin decât un porc
Da setzte sie das kleine Geschöpf ab
așa că a lăsat micuța creatură jos
und das kleine Geschöpf trabte leise in den Wald hinein
și micuța creatură se îndepărtează liniștită în pădure
Alice war ziemlich erleichtert, als sie die Kreatur
verschwinden sah
Alice s-a simțit destul de ușurată să vadă creatura plecând
Alice erschrak ein wenig, als sie die Cheshire-Katze sah
Alice a fost puțin surprinsă văzând pisica Cheshire
Er saß auf einem Ast eines Baumes, ein paar Meter entfernt
stătea pe o creangă de copac la câțiva metri distanță
Die Katze grinste nur, als sie sie sah
Pisica a zâmbit doar când a văzut-o

»Cheshire-Katze,« begann Alice etwas schüchtern

— Pisica Cheshire, începu Alice, destul de timidă

»Würden Sie mir bitte sagen, welchen Weg ich von hier aus einschlagen soll?«

"Ai putea să-mi spui în ce direcție ar trebui să merg de aici?"

"In diese Richtung", sagte die Katze

"În acea direcție", a spus pisica

Und er fuchtelte mit der rechten Pfote herum

și a fluturat laba dreaptă

"In dieser Richtung lebt ein Hutmacher"

"În acea direcție trăiește un producător de pălării"

Und dann winkte die Katze mit der anderen Pfote

și apoi pisica și-a fluturat cealaltă labă

"Und in dieser Richtung wohnt ein Märzhase"

"Și în acea direcție trăiește un iepure de marș"

»Besuchen Sie, wen Sie wollen; Sie sind beide verrückt"

"Vizitați oricare dintre cei care doriți; amândoi sunt nebuni"

»Aber ich will nicht unter Verrückte gehen«, bemerkte Alice

— Dar nu vreau să merg printre nebuni, remarcă Alice

"Ach, dafür kannst du nicht helfen!" sagte die Katze

— Oh, nu te poți abține, spuse Pisica

"Wir sind alle verrückt hier"

"Suntem cu toții nebuni aici"

"Spielst du heute Krocket mit der Queen?"

"Jucați crochet cu regina astăzi?"

"Das würde ich sehr gerne!" sagte Alice

— Mi-ar plăcea foarte mult, spuse Alice

"aber ich bin noch nicht eingeladen worden"

"dar nu am fost încă invitat"

"Du wirst mich dort sehen!" sagte die Katze

"Mă vei vedea acolo", a spus Pisica

Und von einem Augenblick auf den anderen verschwand die Katze

și de la un moment la altul pisica a dispărut

bald kam Alice in Sichtweite des Hauses des Märzhasen

curând Alice a ajuns la vederea casei iepurelui de marș

Das war ein sehr großes Haus

aceasta era o casă foarte mare

Alice wollte also nicht in die Nähe des Hauses gehen

aşa că Alice nu a vrut să se apropie de casă

Zuerst musste sie noch etwas von dem linken Stück Pilz knabbern

Mai întâi a trebuit să ronţăie puţin din partea stângă a ciupercii

Eine verrückte Teeparty
o petrecere nebună a ceaiului

Vor dem Haus stand ein Baum
În faţa casei era un copac
Und unter dem Baum stand ein Tisch
şi sub copac era o masă
und der Tisch war mit allerlei Besteck gedeckt
iar masa era pusă cu tot felul de tacâmuri
Der Märzhase und der Hutmacher saßen bei Tisch
Iepurele de martie şi producătorul de pălării erau la masă
und zusammen tranken sie Tee
şi împreună beau ceai
Ein Siebenschläfer saß zwischen ihnen
un şoricel stătea între ei
und der Siebenschläfer schlief fest
iar şoricul dormea adânc
Der Tisch war von außergewöhnlicher Größe
Masa era de dimensiuni extraordinare
Aber der größte Teil des Tisches war unbesetzt
dar cea mai mare parte a mesei era neocupată
Sie saßen dicht gedrängt an einer Ecke des Tisches
Stăteau înghesuiţi într-un colţ al mesei
und doch entschuldigten sie sich, als sie Alice sahen
şi totuşi au găsit scuze când au văzut-o pe Alice
»Kein Platz! Kein Platz!« schrien sie
"Nu există loc! Nu există loc!" au strigat ei
»Es ist viel Platz!« sagte Alice entrüstet
— E loc din belşug! spuse Alice indignată
An einem Ende des Tisches stand ein großer Sessel
la un capăt al mesei era un fotoliu mare
und Alice setzte sich in den Sessel
şi Alice s-a aşezat în fotoliu
Der Hutmacher riss die Augen weit auf
Pălărierul a deschis ochii foarte larg
Er konnte nicht glauben, was er da sah
Nu-i venea să creadă ce vedea
aber sein Geist war neugierig auf andere Dinge

dar mintea lui era curioasă despre alte lucruri

»Warum ist ein Rabe wie ein Schreibtisch?«

"De ce este un corb ca un birou?"

Alice war offen für die Herausforderung

Alice a fost deschisă provocării

"Ich bin froh, dass sie angefangen haben, Rätsel zu stellen"

"Mă bucur că au început să pună ghicitori"

»Ich glaube, das kann ich erraten«, fügte sie laut hinzu

— Cred că pot ghici asta, adăugă ea cu voce tare

Der Märzhase wurde neugierig auf Alice

Iepurele de marș a devenit curios despre Alice

"Glaubst du wirklich, dass du die Antwort finden kannst?"

"Chiar crezi că poți găsi răspunsul?"

»Ich glaube, ich kann die Antwort finden,« sagte Alice

— Cred că pot găsi într-adevăr răspunsul, spuse Alice

»Dann sollst du sagen, was du meinst,« fuhr der Märzhase fort

"Atunci ar trebui să spui ce vrei să spui", a continuat iepurele de marș

»Ich sage, was ich meine,« erwiderte Alice hastig

— Spun ce vreau să spun, răspunse Alice în grabă

"Zumindest meine ich ernst, was ich sage"

"cel puțin vorbesc serios ceea ce spun"

"Das ist dasselbe, weißt du"

"E același lucru, știi"

Auch der Siebenschläfer trug zu dem Gespräch bei

Șoricul a contribuit și el la conversație

Aber der Siebenschläfer schien im Schlaf zu sprechen

dar șoricul părea să vorbească în somn

"Ich atme, wenn ich schlafe"

"Respir când dorm"

"Ich schlafe, wenn ich atme!"

"Dorm când respir!"

"Man könnte genauso gut sagen, dass sie auch gleich sind"

"Ai putea la fel de bine să spui că și ei sunt la fel"

"So ist es auch bei dir!" sagte der Hutmacher

"Același lucru este și cu tine", a spus pălărierul

und er goß ein wenig Tee über die Nase des Siebenschläfers

și a turnat puțin ceai pe nasul șoricelui

Das Murmelthier schüttelte ungeduldig den Kopf

Dormouse a clătinat din cap nerăbdător

Und wieder sprach das Murmelmaus, ohne die Augen zu öffnen

și din nou șoricul a vorbit, fără să deschidă ochii

"Natürlich, natürlich ist es dasselbe"

"Desigur, bineînțeles că este la fel"

"Das wollte ich ja auch sagen"

"Asta aveam de gând să spun și eu"

Der Hutmacher wandte sich an Alice und stellte eine weitere Frage

Pălăriile s-a întors către Alice și i-a pus o altă întrebare

"Hast du das Rätsel schon erraten?"

"Ai ghicit deja ghicitoarea?"

"Nein, ich gebe auf", gab Alice zu

"Nu, renunț", a recunoscut Alice

"Was ist die Antwort?", wollte sie wissen

"Care este răspunsul?" a vrut să știe

»Ich habe nicht die geringste Ahnung,« sagte der Hutmacher

— N-am nici cea mai mică idee, spuse pălărierul

"Ich weiß es auch nicht!" sagte der Märzhase

"Nici nu știu", a spus iepurele de marș

Alice stieß einen müden Seufzer aus

Alice a oftat obosit

"Es gibt eine bessere Nutzung der Zeit als Rätsel ohne
Antworten"

"Există o utilizare mai bună a timpului decât ghicitori fără
răspunsuri"

»Trinken Sie noch etwas Tee,« sagte der Märzhase sehr ernst
zu Alice

"Mai bea niște ceai", i-a spus iepurele de marș lui Alice, foarte
serios

Alice war ziemlich beleidigt über das Angebot

Alice a fost destul de ofensată de ofertă

»Ich habe noch keinen Tee getrunken,« erwiderte Alice

"Nu am băut încă ceai", a răspuns Alice

"Deshalb kann ich keinen Tee mehr trinken"

"de aceea nu mai pot bea ceai"

»Du meinst, weniger Tee kannst du nicht haben«, sagte der
Hutmacher

"Vrei să spui că nu poți bea mai puțin ceai", a spus pălărierul

"Es ist sehr einfach, mehr als nichts zu nehmen"

"Este foarte ușor să iei mai mult decât nimic"

Bei diesen Worten erhob sich Alice und ging fort

Alice s-a ridicat și a plecat

Der Siebenschläfer schlief augenblicklich ein

Șoricul a adormit instantaneu

und keiner der andern nahm die geringste Notiz davon, daß
sie ging

și nici unul dintre ceilalți nu a băgat în seamă plecarea ei

obwohl sie ein- oder zweimal zurückblickte

deși s-a uitat înapoi o dată sau de două ori

Sie versuchten, den Siebenschläfer in die Teekanne zu

stecken
încercau să bage șoricul în ceainic
"Jedenfalls werde ich nie wieder dorthin gehen!" sagte Alice
— În orice caz, nu voi mai merge niciodată acolo! spuse Alice
Und sie ging ihren Weg durch den Wald
și și-a croit drum prin pădure
"Das war die dümmste Teeparty, auf der ich je war"
"A fost cea mai stupidă petrecere de ceai la care am fost
vreodată"
Gerade als sie das sagte, bemerkte sie etwas
Tocmai în timp ce spunea asta, a observat ceva
Einer der Bäume hatte eine Tür, die direkt hineinführte
Unul dintre copaci avea o ușă care ducea direct în el
»Das ist sehr interessant!« dachte sie
"E foarte interesant!" se gândi ea
"Ich denke, ich kann genauso gut durch die Tür gehen"
"Cred că aș putea la fel de bine să intru pe ușă"
Und durch die Tür ging sie
Și a intrat pe ușă
Wieder befand sie sich in der langen Halle
Încă o dată s-a trezit în holul lung
Wieder stand sie dicht an dem kleinen Glastisch
din nou era aproape de măsuța de sticlă
Sie nahm den kleinen goldenen Schlüssel
A luat cheia mică de aur
und sie schloß die Tür auf, die in den Garten führte
și a descuiat ușa care ducea în grădină
Dann machte sie sich daran, an dem Pilz zu knabbern
Apoi s-a apucat de treabă ronțăind ciuperca
Sie hatte ein Stück des Pilzes in ihrer Tasche aufbewahrt
Păstrase o bucată de ciupercă în buzunar
Und schließlich war sie etwa einen Meter groß
și în cele din urmă avea aproximativ un metru înălțime
dann ging sie den kleinen Korridor hinunter
apoi a mers pe micul coridor
**Und dann fand sie sich endlich in dem schönen Garten
wieder**

și apoi s-a trezit în cele din urmă în frumoasa grădină
Und sie war zwischen den hellen Blumen und den kühlen Springbrunnen
și era printre florile strălucitoare și fântânile răcoroase

Der Krocketplatz der Königinnen
Terenul de crochet al reginei

Ein großer Rosenstrauch stand in der Nähe des Eingangs des Gartens
Un trandafir mare stătea lângă intrarea în grădină
Die Rosen, die an dem Baum wuchsen, waren weiß
trandafirii care creșteau pe copac erau albi
aber es waren drei Gärtner, die die Rose bemalten
dar erau trei grădinari care pictau trandafirul
Sie waren damit beschäftigt, die Rosen rot zu färben
erau ocupați să picteze trandafirii în roșu
und Alice sah zu, wie sie die Rosen rot färbten
iar Alice îi privea pictând trandafirii în roșu
und plötzlich fielen ihre Augen zufällig auf Alice
și deodată ochii lor au căzut din întâmplare pe Alice
Alice sprach ein wenig schüchtern
Alice a vorbit puțin timid
»Würden Sie es mir bitte sagen?«
— Ai vrea să-mi spui, te rog;
"Warum malt ihr alle diese Rosen?"
"De ce pictați cu toții acei trandafiri?"
Fünf und Sieben sagten nichts, sondern sahen zwei an
cinci și șapte nu au spus nimic, ci s-au uitat la doi
zwei Sprecher, mit leiser Stimme
Doi au vorbit cu voce scăzută
»Nun, die Sache ist die, sehen Sie, gnädige Frau.«
— De ce, adevărul este, vedeți, doamnă.
"Das hier hätte ein roter Rosenstrauch sein sollen"
"Aici ar fi trebuit să fie un trandafir roșu"
"Und wir haben aus Versehen einen weißen Rosenstrauch hineingesetzt"
"și am pus din greșeală un trandafir alb"

**"Wie Sie mir zustimmen würden, darf die Königin es nicht
herausfinden"**
"După cum ați fi de acord, regina nu trebuie să afle"
"Sonst würden wir uns allen die Köpfe abschneiden"
"Altfel ne-am tăia cu toții capul"
"Sie sehen also, gnädige Frau, wir tun unser Bestes"
"Deci vedeți, doamnă, facem tot posibilul"
Karte fünf hatte ängstlich über den Garten geschaut
Cardul cinci se uitase cu nerăbdare prin grădină
**In diesem Augenblick rief die fünfte Karte: "Die Königin!
Die Königin!"**
În acest moment, cartea a cincea a strigat: "Regina! Regina!"
und die drei Gärtner eilten augenblicklich davon
iar cei trei grădinari au fugit instantaneu
und sie warfen sich flach auf ihre Gesichter
și s-au aruncat cu fața la pământ
Man hörte das Geräusch vieler Schritte
Se auzea un sunet de mulți pași
Alice sah sich um, begierig darauf, die Königin zu sehen
Alice s-a uitat în jur, nerăbdătoare să o vadă pe regină
Am Anfang des Zuges standen zehn Soldaten
La începutul procesiunii erau zece soldați
Ihre Hände und Füße waren in den Ecken
mâinile și picioarele lor erau în colțuri
und in ihren Händen und Füßen waren Keulen
și în mâinile și picioarele lor erau bâte
Als nächstes kamen die zehn Höflinge
Apoi au venit cei zece curteni
**die Höflinge waren über und über mit Diamanten
geschmückt**
curtenii erau împodobiți peste tot cu diamante
Nach den Höflingen kamen die königlichen Kinder
După curteni au venit copiii regali
Es waren zehn der königlichen Kinder
Erau zece copii regali
und alle königlichen Kinder waren mit Herzen geschmückt
și toți copiii împărătești erau împodobiți cu inimioare

Dann kamen die Gäste; Meist Könige und Königinnen
Apoi au venit oaspeții; în mare parte regi și regine
und unter den Königen und Königinnen sah Alice jemanden
și printre regi și regină, Alice a văzut pe cineva
Sie sah wieder das weiße Kaninchen, das sie gejagt hatte
A văzut din nou iepurele alb pe care îl urmărise
Der Prozession folgte der Spitzbube der Herzen
Procesiunea a fost urmată de ticălosul de inimi
Er trug die Krone des Königs
Purta coroana regelui
und die Krone des Königs lag auf einem purpurnen
Samtkissen
iar coroana regelui era pe o pernă de catifea purpurie
Und dann kam das Ende dieser großen Prozession
și apoi a venit sfârșitul acestei mari procesiuni
Und da waren am Ende der König und die Königin der
Herzen
și acolo, la sfârșit, erau regele și regina inimilor
der Zug kam Alice gegenüber
procesiunea a venit opus lui Alice
Und alle blieben stehen und sahen sie an
și toți s-au oprit și s-au uitat la ea
Und die Königin sprach streng: "Wer ist das?"
și regina a spus sever: "Cine este acesta?"
Sie sagte es zum Herzknaben
Ea i-a spus-o ticălosului de inimi
aber er verbeugte sich nur und lächelte als Antwort
dar el doar s-a înclinat și a zâmbit ca răspuns
Alice sprach sehr höflich
Alice a vorbit foarte politicos
"Mein Name ist Alice, also bitte, Eure Majestät"
"Numele meu este Alice, așa că vă rog maiestatea voastră"
Aber sie hatte andere Gedanken für sich
dar avea alte gânduri pentru ea
"Es ist doch nur ein Kartenspiel!"
"Sunt doar un pachet de cărți, la urma urmei!"
»Kannst du Krocket spielen?« rief die Königin

"Poți juca croquet?" a strigat regina
Die Frage war offenbar an Alice gerichtet
Întrebarea era evident destinată lui Alice
"Ja!" sagte Alice laut
"Da!" a spus Alice cu voce tare
"Komm also spielen!" brüllte die Königin
"Vino să te joci atunci!" a răcnit regina
sprach eine schüchterne Stimme zu Alice
o voce timidă i-a vorbit lui Alice
"Es ist ein sehr schöner Tag!"
"Este o zi foarte frumoasă!"
Sie ging an dem weißen Kaninchen vorbei
Mergea pe lângă iepurele alb
und das weiße Kaninchen guckte ihr ängstlich ins Gesicht
iar Iepurele Alb îi privea neliniștit în față
»ein sehr schöner Tag,« bestätigte Alice
— Într-adevăr, o zi foarte frumoasă, confirmă Alice
»Wo ist die Herzogin?«
"Unde este ducesa?"
»Still! Still!" sagte das Kaninchen
"Taci! Taci!" a spus Iepurele
"Sie ist zum Tode verurteilt"
"Ea este condamnată la execuție"
»Wofür wird sie hingerichtet?« fragte Alice
— Pentru ce este executată? întrebă Alice
**"Sie hat der Königin die Ohren abgewetzt", begann das
Kaninchen**
"I-a zgâriat urechile reginei", a început iepurele
schrie die Königin mit Donnerstimme
Regina a strigat cu o voce de tunet
"Ran an eure Plätze!"
"Ajungeți la locurile voastre!"
Und die Leute rannten in alle Richtungen herum
și oamenii au început să alerge în toate direcțiile
Und sie fielen alle aneinander
și toți s-au rostogolit unul împotriva celuilalt
Sie hatten sich jedoch in ein oder zwei Minuten beruhigt

Cu toate acestea, s-au liniștit într-un minut sau două
Und dann begann das Spiel
și apoi a început jocul
**Alice hatte noch nie einen so merkwürdigen Krocketplatz
gesehen**
Alice nu văzuse niciodată un teren de crochet atât de curios
Das Gras bestand nur aus Graten und Furchen
iarba era doar creste și brazde
Die Krocketbälle waren echte Igel
Bilele de crochet erau adevărați arici
und die Schlägel waren echte Flamingos
iar ciocanele erau adevărate flamingo
und die Soldaten standen auf Händen und Füßen
și soldații stăteau în picioare
weil die Bögen aus ihren Körpern gemacht wurden
pentru că arcadele au fost făcute din corpurile lor
Die Spieler spielten alle gleichzeitig
Jucătorii au jucat toți simultan
Niemand wartete, bis er an der Reihe war
nimeni nu și-a așteptat rândul
und jeder stritt sich mit jedem
și toată lumea s-a certat cu toată lumea
und alle kämpften für die Igel
și toți se luptau pentru arici
Bald geriet die Königin in eine wütende Leidenschaft
În curând, regina a fost într-o pasiune furioasă
Und sie fing an, herumzustampfen und zu schreien
și a început să calce și să strige
»Hacken Sie ihm den Kopf ab!«
"Tăiați-i capul!"
"Hack ihr den Kopf ab!"
"Tăiați-i capul!"
"Hackt ihnen alle Köpfe ab!"
"Tăiați-le toate capetele!"
Wieder dachte Alice bei sich.
Alice se gândi din nou în sinea ei
"Sie lieben es schrecklich, hier Menschen zu enthaupten"

"Le place îngrozitor să decapiteze oamenii aici"
"Das große Wunder ist, dass überhaupt noch jemand am Leben ist!"
"Marea minune este că a mai rămas cineva în viață!"
Sie sah sich nach einem Ausweg um
Căuta o cale de scăpare
Sie bemerkte eine merkwürdige Erscheinung in der Luft
a observat o apariție curioasă în aer
»Es ist die Cheshire-Katze,« sagte sie zu sich selbst
"E pisica Cheshire", și-a spus ea
"Jetzt habe ich jemanden, mit dem ich reden kann"
"acum voi avea cu cine vorbi"
"Wie geht es dir?" fragte die Katze
"Cum te descurci?" a spus pisica
»Ich glaube nicht, daß sie ganz und gar fair spielen«, sagte Alice
"Nu cred că joacă deloc corect", a spus Alice
Und sie hatte einen ziemlich klagenden Ton
și avea un ton mai degrabă plângător
"Sie streiten sich alle so fürchterlich"
"Toți se ceartă atât de îngrozitor"
"Man hört sich selbst nicht sprechen"
"Nu te auzi vorbind"
"Und sie scheinen sich nicht an irgendwelche Regeln zu halten"
"Și nu par să joace după nicio regulă"
die Katze stellte Alice mit leiser Stimme eine Frage
pisica i-a pus o întrebare lui Alice cu voce scăzută
"Wie gefällt dir die Königin?"
"Cum îți place regina?"
»Ich mag sie gar nicht,« sagte Alice
— Nu-mi place deloc, spuse Alice

Alice dachte, sie könnte genauso gut zurückgehen
Alice s-a gândit că ar putea la fel de bine să se întoarcă
Sie wollte sehen, wie das Spiel läuft
A vrut să vadă cum merge jocul
Sie machte sich auf die Suche nach ihrem Igel
A plecat în căutarea ariciului ei
Der Igel war damit beschäftigt, gegen einen anderen Igel zu kämpfen
Ariciul era ocupat să se lupte cu un alt arici
Das war eine ausgezeichnete Gelegenheit
Aceasta a fost o oportunitate excelentă
Sie konnte einen Igel mit dem anderen krocketen
putea să facă crochet cu un arici cu celălalt
Aber ihr Flamingo war auf der anderen Seite des Gartens
dar flamingoul ei era de cealaltă parte a grădinii
Der Flamingo war ziemlich tollpatschig
Flamingo era destul de stângaci
Ihr Flamingo versuchte, gegen einen Baum zu fliegen

flamingoul ei încerca să zboare într-un copac
Sie packte den Flamingo am Bein
A prins flamingo de picior
Und sie schob sich den Flamingo unter den Arm
și și-a ascuns flamingo sub braț
So konnte der Flamingo nicht mehr entkommen
În acest fel, flamingo nu putea scăpa din nou
In diesem Augenblick traf Alice zufällig die Herzogin
Chiar atunci Alice a întâlnit-o pe ducesă
Die Herzogin war nun aus dem Gefängnis entlassen worden
Ducesa a ieșit din închisoare
Sie schob ihren Arm liebevoll unter Alices Arm
Și-a băgat brațul sub brațul lui Alice
Und dann gingen sie zusammen fort
și apoi au plecat împreună
Alice war sehr froh, sie in so angenehmer Laune zu finden
Alice a fost foarte bucuroasă să o găsească într-un
temperament atât de plăcut
Sie erschrak jedoch ein wenig
Cu toate acestea, a fost puțin speriată
Sie hörte die Stimme der Herzogin dicht an ihrem Ohr
a auzit vocea ducesei aproape de urechea ei
"Du denkst über etwas nach, meine Liebe"
"Te gândești la ceva, draga mea"
"Und das lässt dich das Reden vergessen"
"Și asta te face să uiți să vorbești"
»Das Spiel geht jetzt etwas besser«, sagte Alice
"Jocul merge destul de bine acum", a spus Alice
Es war eine Möglichkeit, das Gespräch am Laufen zu halten
A fost o modalitate de a menține conversația
»So ist es,« sagte die Herzogin
— Într-adevăr, așa este, spuse ducesa
"Und die Moral davon ist folgende."
"Și morala acestui lucru este aceasta:"
"Es ist die Liebe, die alles macht!"
"Iubirea este cea care face totul!"
"Liebe ist das, was die Welt bewegt"

"Iubirea este ceea ce face lumea să se învârtă"
Alice hatte eine andere Erklärung
Alice avea o altă explicație
**"Das macht jeder, der sich um seine eigenen
Angelegenheiten kümmert!"**
"Fiecare îşi vede de treaba lui!"
»Ah, gut! Du könntest Recht haben"
"Ah, ei bine! Ai putea avea dreptate"
»Es bedeutet alles ziemlich dasselbe,« sagte die Herzogin
— Totul înseamnă cam acelaşi lucru, spuse ducesa
und sie grub ihr spitzes kleines Kinn in Alices Schulter
şi şi-a înfipt bărbia ascuţită în umărul lui Alice
"Und die Moral davon ist folgende"
"Şi morala asta este aceasta"
"Kümmere dich um die Sinne"
"Ai grijă de simţuri"
"Und dann erledigen sich die Klänge von selbst"
"Şi atunci sunetele vor avea grijă de ele însele"
Aber dann fing der Arm der Herzogin an zu zittern
dar apoi braţul ducesei a început să tremure
Alice blickte auf und da stand die Königin
Alice s-a uitat în sus şi acolo stătea regina
Die Königin hatte die Arme verschränkt
Regina avea braţele încrucişate
Und sie runzelte die Stirn wie ein Gewitter!
şi se încrunta ca o furtună!
»Ich warne dich!« schrie die Königin
"Vă avertizez corect", a strigat regina
Und sie stampfte auf den Boden, während sie sprach
şi a călcat în picioare în timp ce vorbea
"Entweder dein Kopf oder ihr Kopf muss ausgeschaltet sein"
"Fie capul tău, fie capul ei trebuie să fie oprit"
"Treffen Sie Ihre Wahl!"
"Alege!"
"Und beeilen Sie sich"
"şi să te grăbeşti cu asta"
Die Herzogin traf ihre Wahl

Ducesa a făcut alegerea ei
und in einem Augenblick war die Herzogin verschwunden
și într-o clipă ducesa a dispărut
Da sprach die Königin zu Alice
Apoi regina i-a vorbit lui Alice
"Weiter geht's mit dem Spiel"
"Să continuăm jocul"
Alice war zu erschrocken, um ein Wort zu sagen
Alice era prea speriată ca să spună un cuvânt
und langsam folgte sie ihrem Rücken zum Krocketplatz
și a urmat-o încet înapoi la croquet
Die ganze Zeit stritt sich die Dame mit den anderen Spielern
Tot timpul regina s-a certat cu ceilalți jucători
»Hacken Sie ihm den Kopf ab!«
"Tăiați-i capul!"
"Hack ihr den Kopf ab!"
"Tăiați-i capul!"
"Hackt ihnen alle Köpfe ab!"
"Tăiați-le toate capetele!"
Bald waren alle Spieler in Gewahrsam
În curând, toți jucătorii au fost în custodie
nur der König, die Königin und Alice blieben zurück
doar regele, regina și Alice au rămas
Da ging die Königin, ganz außer Atem
Apoi regina a plecat, fără suflare
und sie ging mit Alice fort
și a plecat cu Alice
Alice hörte, wie der König leise etwas sagte
Alice l-a auzit pe rege spunând ceva în liniște
"Ihr seid alle begnadigt"
"Sunteți cu toții iertați"
aber plötzlich hörte man einen neuen Schrei
dar dintr-o dată s-a auzit un alt strigăt
"Der Prozess beginnt!"
"Procesul începe!"
und Alice lief mit den andern
și Alice a alergat împreună cu ceilalți

Wer hat die Torten gestohlen?
Cine a furat tartele?
Der Herzkönig und die Herzkönigin saßen
Regele și regina de inimi s-au așezat
sie saßen auf ihrem Thron, als Alice ankam
erau pe tronul lor când a sosit Alice
Eine große Menschenmenge war um sie herum versammelt
Era o mare mulțime adunată în jurul lor
Es gab allerlei kleine Vögel und Bestien
erau tot felul de păsări și animale
Und da war das ganze Kartenspiel
și acolo era tot pachetul de cărți
Der Spitzbube stand in Ketten vor ihnen
ticălosul stătea în fața lor, în lanțuri
und auf jeder Seite war ein Soldat, der ihn bewachte
și era câte un soldat de fiecare parte care să-l păzească
in der Nähe des Königs war das weiße Kaninchen
lângă rege era iepurele alb
Er hatte eine Trompete in der einen Hand
avea o trompetă într-o mână
Und in der andern Hand hielt er eine Pergamentrolle
și avea un sul de pergament în cealaltă mână
In der Mitte des Platzes stand ein Tisch
Chiar în mijlocul curții era o masă
Auf dem Tisch stand eine große Schüssel mit Torten
Pe masă era un fel mare de tarte
**"Ich wünschte, sie würden den Prozess zu Ende bringen",
dachte Alice**
"Mi-aș dori să ducă la bun sfârșit procesul", se gândi Alice
"Dann könnten wir etwas von diesen Erfrischungen essen!"
"Atunci am putea mânca niște băuturi răcoritoare!"

Der Richter war übrigens der König
Judecătorul, apropo, era regele
und er trug seine Krone über seiner großen Perücke
și și-a purtat coroana peste peruca sa mare
»Das ist die Loge der Geschworenen!« dachte Alice
— Asta e boxa juraților, se gândi Alice
"Und diese zwölf Geschöpfe, ich nehme an, sie sind die Geschworenen"
"și acele douăsprezece creaturi, presupun că sunt jurații"
einige waren Tiere, andere waren Vögel
unele erau animale, iar altele erau păsări
In diesem Augenblick schrie das weiße Kaninchen auf
Chiar atunci iepurele alb a strigat
"Schweigen im Gericht!"
"Liniște în curte!"

»Herold, lesen Sie die Anklage!« sagte der König
"Vestitor, citește acuzația!" a spus regele
Das weiße Kaninchen blies drei Stöße auf die Trompete
Iepurele Alb a suflat trei sunete la trompetă
dann entrollte er die Pergamentrolle
apoi a derulat pergamentul
Und er las folgendes:
și a citit următoarele:
"Die Königin der Herzen, sie hat ein paar Torten gebacken."
"Regina inimilor, a făcut niște tarte"
"All das tat sie an einem Sommertag"
"Toate acestea le-a făcut într-o zi de vară"
"Der Schurke der Herzen, er hat diese Torten gestohlen"
"Ticălosul inimilor, a furat acele tarte"
"Und er hat diese Torten weit weg gebracht!"
"Și a luat acele tarte departe!"
»Rufen Sie den ersten Zeugen,« sagte der König
"Cheamă primul martor", a spus regele
und das weiße Kaninchen blies drei Stöße auf die Trompete
iar iepurele alb a sunat trei sunete de trâmbiță
»Bringt den ersten Zeugen!« rief er
"Aduceți primul martor!" a strigat el
Der erste Zeuge war der Hutmacher
Primul martor a fost producătorul de pălării
Er kam mit einer Teetasse in der einen Hand herein
A intrat cu o ceașcă de ceai într-o mână
Und in der anderen Hand hatte er ein Stück Brot und Butter
și avea o bucată de pâine și unt în cealaltă mână
»Du hättest fertig sein sollen,« sagte der König
— Ar fi trebuit să termini, spuse regele
"Wann hast du angefangen?"
"Când ai început?"
Der Hutmacher schaute sich den Märzhasen an
Pălăriile s-au uitat la iepurele de marș
Der Märzhase war ihm in den Hof gefolgt
Iepurele de martie l-a urmat în curte
Er war Arm in Arm mit dem Siebenschläfer gegangen

A mers braţ la braţ cu şoricul
»Ich glaube, es war der vierzehnte März«, sagte er
"Paisprezece martie, cred că a fost", a spus el
»Geben Sie Ihre Aussage,« sagte der König
"Dă-ţi mărturia", a spus regele
**"Und sei nicht nervös, sonst lasse ich dich auf der Stelle
hinrichten"**
"şi nu fi nervos, altfel te voi executa pe loc"
Das schien den Zeugen überhaupt nicht zu ermutigen
Acest lucru nu părea să-l încurajeze deloc pe martor
Er rutschte immer wieder von einem Fuß auf den anderen
A continuat să se mişte de la un picior la altul
und er sah die Königin unruhig an
şi s-a uitat neliniştit la regină
**und in seiner Verwirrung biß er ein großes Stück aus seiner
Teetasse**
şi, în confuzia lui, a muşcat o bucată mare din ceaşca de ceai
**Eigentlich wollte er von seinem Brot und seiner Butter
beißen**
Într-adevăr, a vrut să muşte din pâinea şi untul său
**In diesem Augenblick fühlte Alice eine sehr merkwürdige
Empfindung**
Chiar în acest moment Alice a simţit o senzaţie foarte curioasă
Sie fing an, wieder größer zu werden
începea să crească din nou
Der unglückliche Hutmacher ließ seine Teetasse fallen
Mizerabilul pălărier şi-a scăpat ceaşca de ceai
und das Brot und die Butter fielen zu Boden
şi pâinea şi untul au căzut la pământ
und er fiel auf die Knie
şi a căzut în genunchi
»Ich bin ein armer Mann, Eure Majestät,« begann er
"Sunt un om sărac, maiestatea voastră", a început el
»Du bist ein sehr schlechter Redner,« sagte der König
"Eşti un vorbitor foarte slab", a spus regele
»Du darfst gehen,« sagte der König
"Poţi să pleci", a spus regele

und der Hutmacher verließ eilig den Hof

iar pălărierul a părăsit în grabă curtea

»Rufen Sie den nächsten Zeugen her!« sagte der König

"Cheamă următorul martor!" a spus regele

Der nächste Zeuge war die Köchin der Herzogin

Următorul martor a fost bucătarul ducesei

Sie trug die Pfefferdose in der Hand

Purta cutia de piper în mână

Und die Leute in der Nähe der Tür fingen auf einmal an zu niesen

și oamenii de lângă ușă au început să strănute dintr-o dată

»Geben Sie Ihre Aussage,« sagte der König

"Dă-ți mărturia", a spus regele

»Ich will nichts beweisen,« sagte die Köchin

"Nu voi da nicio mărturie", a spus bucătarul

Der König sah das weiße Kaninchen ängstlich an

Regele s-a uitat neliniștit la iepurele alb

Und das weiße Kaninchen sprach mit leiser Stimme

iar iepurele alb a vorbit cu o voce liniștită

"Eure Majestät müssen diesen Zeugen ins Kreuzverhör nehmen"

"Majestatea Voastră trebuie să interogheze acest martor"

»Nun, wenn ich muß, so muß ich,« sagte der König

"Ei bine, dacă trebuie, trebuie", a spus regele

"Woraus bestehen Torten?"

"Din ce sunt făcute tartele?"

»Torten werden meistens aus Pfeffer gemacht«, sagte die Köchin

"Tartele sunt făcute din piper, în mare parte", a spus bucătarul

Einige Minuten lang war der ganze Hof in Verwirrung

Timp de câteva minute, întreaga curte a fost în confuzie

Schließlich ließen sie sich alle wieder nieder

În cele din urmă s-au liniștit din nou

Aber da war die Köchin schon verschwunden

dar până atunci bucătarul dispăruse

»Macht nichts!« sagte der König

"Nu contează!" a spus regele

"Rufen Sie den nächsten Zeugen in den Zeugenstand"
"Chemați la tribună următorul martor"
**Alice beobachtete das weiße Kaninchen, wie es an der Liste
herumfummelte**
Alice l-a privit pe iepurele alb în timp ce se uita peste listă
**Sie können sich vorstellen, wie überrascht sie war, als sie
das hörte, was sie als nächstes hörte**
Vă puteți imagina surpriza ei la ceea ce a auzit în continuare
**Mit lauter schriller kleiner Stimme rief er den Namen
»Alice!«**
cu vocea sa stridentă, a strigat numele "Alice!"

Alices Beweise
Mărturia lui Alice

»Hier!« rief Alice
— Uite! strigă Alice
Sie sprang in großer Eile auf
A sărit în sus în mare grabă
und sie kippte die Geschworenenloge um
și a răsturnat boxa juraților
und sie warf alle Geschworenen um
și i-a doborât pe toți jurații
und sie fielen auf die Köpfe der Menge unten
și au căzut în capetele mulțimii de jos
Alice war in großer Bestürzung
Alice era foarte consternată
»**Oh, ich bitte um Verzeihung!« rief sie aus**
"Oh, vă cer iertare!" a exclamat ea
»**Der Prozeß kann nicht fortgesetzt werden,« sagte der König**
"Procesul nu poate continua", a spus regele
"**Die Geschworenen müssen wieder an ihre angestammten
Plätze zurückkehren"**
"Jurații trebuie să se întoarcă la locurile lor"
Er wiederholte den Befehl mit großem Nachdruck
a repetat ordinul cu mare emfază
und er sah Alice streng an
și s-a uitat la Alice cu severitate
"**Was weißt du über diese Ereignisse?" fragte der König**
Alice
"Ce știi despre aceste evenimente?" a întrebat-o regele pe Alice
»**Ich weiß nichts von der Sache,« sagte Alice**
— Nu știu nimic despre acest subiect, spuse Alice
Dann las der König aus seinem Buch vor
Regele a citit apoi din cartea sa
"**Regel zweiundvierzig"**
"Regula patruzeci și doi"
"**Alle Personen, die mehr als eine Meile hoch sind, sollen
das Gericht verlassen"**
"Toate persoanele cu o înălțime mai mare de un kilometru

trebuie să părăsească curtea"
»Ich bin keine Meile hoch,« sagte Alice
— Nu am nici o milă înălţime, spuse Alice
»Fast zwei Meilen hoch,« sagte die Königin
"Aproape două mile înălţime", a spus regina

»Nun, ich weigere mich zu gehen,« sagte Alice
— Ei bine, refuz să plec, spuse Alice
Der König erbleichte
Regele a devenit palid
und er schloß hastig sein Notizbuch
şi şi-a închis în grabă carneţelul
»Überlegen Sie sich Ihr Urteil«, sagte er zu den
Geschworenen
"Luaţi în considerare verdictul vostru", a spus el juriului
Er sprach mit leiser, zitternder Stimme
a vorbit cu o voce joasă şi tremurândă

Da sprach das weiße Kaninchen
Apoi iepurele alb a vorbit
"Es werden noch mehr Beweise kommen"
"Mai sunt încă mai multe dovezi"
und er sprang in großer Eile auf
și a sărit în sus în mare grabă
"Dieses Papier wurde gerade abgeholt"
"Acest ziar tocmai a fost ridicat"
"Es scheint ein Brief des Gefangenen zu sein"
"Pare a fi o scrisoare scrisă de prizonier"
Er faltete das Papier auseinander, während er sprach
A desfăcut hârtia în timp ce vorbea
"Es ist doch kein Brief"
"Nu este o scrisoare, la urma urmei"
"Was es war, war eine Reihe von Versen"
"Ceea ce a fost a fost un set de versuri"
»Bitte, Eure Majestät,« sagte der Spitzbube
"Vă rog, maiestatea voastră", a spus ticălosul
"Ich habe diese Verse nicht geschrieben"
"Nu eu am scris acele versuri"
"und sie können nicht beweisen, dass ich etwas geschrieben habe"
"și nu pot dovedi că am scris ceva"
"Am Ende ist kein Name unterschrieben"
"Nu există niciun nume semnat la sfârșit"
Der König sprach mit dem Spitzbuben
Regele i-a vorbit ticălosului
"Du musst vorgehabt haben, Unheil anzurichten"
"Probabil că ai vrut să faci vreo răutate"
"Sonst hättest du wie ein ehrlicher Mann unterschrieben"
"altfel ți-ai fi semnat numele ca un om cinstit"
Es gab ein allgemeines Händeklatschen
S-a auzit o bătaie generală de palme
Und der König wandte sich an das weiße Kaninchen
și regele s-a întors către iepurele alb
»Lest die Verse!« befahl er.
"Citiți versetele", a ordonat el

Es herrschte Totenstille im Gerichtssaal
A fost tăcere de moarte în curte
und das weiße Kaninchen las die Verse vor
iar iepurele alb a citit versetele
Sie sagten mir, du wärst bei ihr gewesen
Mi-au spus că ai fost la ea
Und sie erwähnten mich ihm gegenüber
Și m-au povestit de el
Sie gab mir einen guten Charakter
Mi-a dat un caracter bun
Aber sie sagte, ich könne nicht schwimmen
Dar ea a spus că nu știu să înot
Er ließ ihnen wissen, dass ich nicht gegangen sei
Le-a trimis vestea că nu am plecat
Wir wissen, dass es wahr ist
Știm că este adevărat
**Wenn sie die Sache vorantreiben sollte, was würde aus dir
werden?**
Dacă ar insista mai departe, ce s-ar întâmpla cu tine?
Ich gab ihr einen, sie gaben ihm zwei
I-am dat unul, ei i-au dat două
Du hast uns drei oder mehr gegeben
Ne-ai dat trei sau mai multe
Sie sind alle von ihm zu dir zurückgekehrt
Toți s-au întors de la el la tine
obwohl sie vorher meine waren
deși erau ale mele înainte
Wenn ich oder sie die Chance haben sollte,
Dacă eu sau ea am avea șansa să fiu
Wenn ich oder sie in diese Affäre verwickelt wäre
Dacă eu sau ea am fost implicați în această afacere
Er vertraut auf dich, dass du sie befreien wirst
El se încrede în tine să-i eliberezi
Genau so wie wir waren
Exact așa cum eram noi
Ich hatte den Eindruck, dass Sie
Ideea mea a fost că ai fost

Bevor sie diesen Anfall hatte
Înainte de a avea această criză
Ein Hindernis, das dazwischen kam
Un obstacol care s-a interpus,
Er und wir und es
El și noi înșine, și
Lass ihn nicht wissen, dass sie ihr am besten gefallen haben
Nu-l lăsa să știe că îi place cel mai mult
Denn dies muss für immer ein Geheimnis bleiben, das vor allen anderen verborgen bleibt
Căci aceasta trebuie să fie pentru totdeauna un secret, ascuns de toate celelalte
Dieses Geheimnis muss ein Geheimnis zwischen dir und mir bleiben
Acest secret trebuie să rămână un secret între tine și mine
Der König war sehr beeindruckt
Regele a fost foarte impresionat
"Das ist das wichtigste Beweisstück, das wir bisher gehört haben"
"Aceasta este cea mai importantă dovadă pe care am auzit-o până acum"
»Ich glaube nicht, daß diese Verse auch nur ein Atom Bedeutung haben,« wandte Alice ein
"Nu cred că acele versete au un atom de semnificație", a obiectat Alice
der König hatte seine eigene Meinung zu dieser Angelegenheit
regele avea propria sa părere în această privință
"Wenn diese Worte keinen Sinn haben, erspart das eine Menge Ärger"
"Dacă nu există niciun sens în aceste cuvinte, asta salvează o lume de probleme"
"Dann brauchen wir nicht zu versuchen, den Sinn zu finden"
"Atunci nu trebuie să încercăm să găsim sensul"
"Lassen Sie die Geschworenen über ihr Urteil nachdenken"
"Lăsați juriul să-și ia în considerare verdictul"

»Nein, nein!« sagte die Königin
"Nu, nu!" a spus regina
"Erst die Verurteilung, dann das Urteil"
"Sentinţa mai întâi – verdictul după"
"Zeug und Unsinn!" sagte Alice laut
"Chestii şi prostii!" a spus Alice cu voce tare
"Wie dumm ist es, den Angeklagten zuerst zu verurteilen!"
"Ce prostesc este să-l condamni pe inculpat primul!"

»Schweige!« sagte die Königin und färbte sich violett an
"Ţine-ţi limba!" a spus regina, devenind purpurie
"Ich werde nicht den Mund halten!" sagte Alice
— Nu îmi voi ţine limba! spuse Alice
schrie die Königin aus voller Kehle
Regina a strigat cu voce tare
"Hack ihr den Kopf ab!"

"Tăiați-i capul!"
Niemand machte eine Bewegung
Nimeni nu a făcut o mișcare
"Wen kümmert es, was du sagst?" sagte Alice
"Cui îi pasă ce spui?" a spus Alice
Zu diesem Zeitpunkt war sie bereits zu ihrer vollen Größe herangewachsen
ea crescuse până la dimensiunea ei maximă până în acest moment
"Du bist nichts als ein Kartenspiel!"
"Nu ești altceva decât un pachet de cărți!"
Bei diesen Worten hoben sich alle Karten in die Luft
La aceasta, toate cărțile s-au ridicat în aer
und alle Karten flogen auf sie herab
și toate cărțile au zburat peste ea
Sie stieß einen kleinen Schrei aus
a scos un mic țipăt
Sie war halb erschrocken, aber auch wütend
Îi era pe jumătate frică, dar și furioasă
Und sie versuchte, sich gegen die Karten zu wehren
și a încercat să lupte cu cărțile de pe ea însăși
Und dann fand sie sich auf der Grasbank liegend
și apoi s-a trezit întinsă pe malul de iarbă
Ihr Kopf lag im Schoß ihrer Schwester
capul ei era în poala surorii ei
Einige abgestorbene Blätter waren auf ihrem Gesicht gelandet
niște frunze moarte aterizaseră pe fața ei
und ihre Schwester wischte vorsichtig die Blätter weg
iar sora ei îndepărta ușor frunzele
»Wach auf, liebe Alice!« sagte die Schwester
"Trezește-te, dragă Alice!" a spus sora ei
"Was für einen langen Schlaf hast du gehabt!"
"Ce somn lung ai avut!"
"Oh, ich habe so einen merkwürdigen Traum gehabt!" sagte Alice
— Oh, am avut un vis atât de ciudat! spuse Alice

Und sie erzählte ihrer Schwester alles, woran sie sich erinnern konnte
Și i-a spus surorii sale tot ce și-a putut aminti
all die seltsamen Abenteuer, von denen Sie gerade gelesen haben
toate aventurile ciudate despre care tocmai ai citit
Alice stand auf und rannte davon
Alice s-a ridicat și a fugit
Und während sie lief, dachte sie an ihren Traum
și se gândea, în timp ce alerga, la visul ei
"Was für ein wunderbarer Traum das gewesen war!"
Ce vis minunat a fost!

www.ingramcontent.com/pod-product-compliance
Lightning Source LLC
Chambersburg PA
CBHW011046190726
48290CB00011B/3029